U0331169

漫话文学语言

王尚文　著

华东师范大学出版社

目录

上编
漫话文学语言

下编

文学语言笔记

开头的话

优秀的文学作品，不但能让读者看到生活、人心中所从未见者，包括对我们原来熟视无睹、熟听无闻的一切有所发现，而且还能更新我们去看的眼光，去感知的直觉；因为它的语言已经按照美的法则重新创造了一个世界，其中的人、事、物被组织于一个新的时间、空间之中，具有全新的面貌、全新的关系、全新的条理、全新的秩序、全新的结构，更重要的是全新的神韵。文学是语言的艺术，语言是文学的第一要素，语言表情达意的功能在文学中发挥到了极致，任是宇宙之大或是芥末之微，任在九天之上或在五洋之下，任是世上实有的还是人心里想象的，任是色彩、线条、音响、节奏、旋律或人体动作等等无法表达的最复杂、最微妙的一切，文学都可以把它表现得生动真切、淋漓尽致，正如王国维所言，"诗人体物之妙，侔于造化"。有结构不完整的优秀之作，可从来没有在语言上失败而能及格的作品。文学语言之丰富，即就词汇而言，哲学、科学就难望其项背。

我们学习语言，断不可舍弃文学这一最有效也最有益、最有趣的捷径坦途。《庄子》上有一则寓言：

南海之帝为儵，北海之帝为忽，中央之帝为浑沌。儵与忽时相与遇于浑沌之地，浑沌待之甚善。

儵与忽谋报浑沌之德，曰：人皆有七窍，以视听食息，此独无有，尝试凿之，日凿一窍，七日而浑沌死。

我们感知语音的眼睛、耳朵原来是混沌的，文学作品不是给我们另外凿出眼睛、耳朵，而是改变我们视力、听力原有的DNA，使之在真善美中看见真善美，在假恶丑中发现假恶丑。"混沌"因被儵与忽凿出七窍而死，庄子自有他的寓意；而我们人的眼、耳和心灵却因有文学语言的熏陶而能获得新生，由"自然的人""片面的人"成为"自觉的人""全面的人"。

文学语言是一门大学问，这本小书只是"漫话"而已，若能与读者产生些许共鸣，将是作者之至幸也。

自 序

这本小书的写作，不同于以往。它唤醒了我青少年时代的种种往事，也复现了我多年的文学阅读记忆。

初中毕业时，由于家贫，我只得去念中等师范学校。为了弥补遗憾，我读书特别用功。我至今仍深深怀念中师，怀念何英鹍、周之挺等先生给我的教导和鼓励，怀念学校图书馆里陈列的文学作品，它们如春风春雨滋养我的成长。比如，上个世纪 50 年代初人民文学出版社出版的一套"新文学选集"，囊括了不少优秀的现代文学作品，它们引我初次走进了文学的星空原野。每当下午自习课，我就带着书，来到学校附近田野的褐色巨石间，沉浸于阅读。由于特殊的机缘，1956 年中师毕业后，我有机会考入浙江师范学院（1958 年改名杭州大学）中文系，在这里，我开始接触到外国文学。从一年级下学期开始，我给自己开了一个五十几位大家的名单，先读他们的传记，再读他们的一两部代表作，最后再读相关评论。列夫·托尔斯泰是我最为崇敬的作家之一，他的三大长篇我全都读了，还读了几个中篇。安德烈负伤躺在战场上仰望天空的情景，至今记忆犹新。莎士比亚的，除了几部历史剧，我也全都读了。但丁的《神曲》，当年只有散文体的直排版，几乎完全懵懂，仅仅由于它是世界名著而去读，毫无乐趣可言，居然也能坚持读完。可以说几乎是废寝忘食，几近疯狂。后来参加工作了，我仍然没有放弃文学阅读的嗜好。每当孤独寂寥之际，常常是文学来温暖我的灵魂。

显然，本书的写作，没有偏离我的本行。我始终认为，"语文"是"语言"与"文学"的复合。文学让我们突破个人见闻的局限，在推人（文学作品中的人）及己、推己及人（现实生活中的人）的循环往复中，发现自己，理解别人，塑造和改善自我，作为人学的文学，是灵魂上升的阶梯。同时，我也一直主张，文学教育需向文学的语言艺术适当倾斜，因为优秀的文学作品是学习语言的最佳范本。但遗憾的是，在许多情况下，语文教学容易局限于文学作品的主题、人物、思想、情节等等，对其语言则容易一带而过。作为一个语文教育工作者，我对这种顽强的偏颇一直感到不安。因此在《语文品质谈》完稿以后，我开始了这本小册子的写作。——我提出的"语文品质"这一概念所讨论的对象是记叙、说明、议论等日常实用文的语言，即所谓非文学语言。

回首几十年的人生路途，我虽然没能成为作家和文学学者，对文学的热爱却一直在心中燃烧。几年前，我曾经写过一本《后唐宋体诗话》，主要谈论近代以来旧体诗词的突围，本书的写作，则涉及更广泛的作品，它让我有机会反刍作为文学读者纯真而美妙的记忆和体验。为了它们，我全然不顾写作中必然出现的疏漏和错误，就像真的回到青少年时代一样。

是为序。

王尚文

2018 年 7 月 6 日于浙江遂昌石母岩下

2019 年 4 月 12 日改定

上 编
· · · · · ·
漫话文学语言

从一个"似乎"说起

提　要

　　记叙、说明、议论等所谓实用性文字必须努力再现它所表述的对象，对存在于作品之外的所谓"它者"负责，因而必须讲究"准确"，不能有丝毫马虎，有时少一个"似乎"都不行。而文学作品的意境、故事、人物等等则是作家用语言创造出来的，它们寄生于语言，我称之为"语言存在物"——作品之外并无一个它必须为之效忠的"它者"，语言并不言说"它者"，它只是言说自身，从而创造自身。文学作品与非文学作品运用的是同一个语言体系，从表面上看两者并没有什么区别，但实际上它们各自有并不相同的游戏规则，各自有并不相同的美学追求和品质标准。但虚构，并不意味着作家可以随心所欲、胡言乱语，因为文学总是在追求更高、更深刻、更有意味的真实。即使它似乎在摹写生活的真实，如醉翁亭、项脊轩，但《醉翁亭记》《项脊轩志》仍然是为了表现作者自己的情感世界，而非再现此事此物本身。

"似乎"，似乎并不起眼，但有时还真少不了它。

余斌的《张爱玲传》，从开卷一路读来，我已逐渐建立起了对作者严谨态度的信心，但读到倒数第 2 页时，我忽然发现了一个问题：

> 她也是头脑很清楚地离开人世的。1995 年 9 月初，张爱玲意识到自己将不久于人世，她并不向林式同求助，只是将重要的证件放进手提袋，留在门边易被发现的地方，而后，便独自静候死亡的降临。一天，她在睡梦中走到了生命的终点。（余斌：《张爱玲传》，南京大学出版社 2007 年版，第 453 页）

既然她是"独自静候死亡"的，作者又怎么知道她是死在"睡梦中"的呢？我相信作者如此断定必有所据，只是未出注而已。为了找到此一说法的根据，我查了另外十余种张爱玲传记以及其他相关资料。后来我发现，要找到这一说法的根据几乎是不可能的，现在科学很可能还没发达到能够通过解剖测定人是否死于睡梦之中的程度，再说，就是有这种科学手段，似乎也没有必要检测张爱玲是否在"睡梦中"死去；问题可能出在语言表述上。再查，如任茹文、王艳合著的《张爱玲传》，刘川鄂著的《张爱玲传》，于青著的《张爱玲传》，西岭雪著的《张爱玲传》，宋明炜著的《浮世的悲哀：张爱玲传》等，均未涉及是否在睡梦中离世这个问题，倒是或详或略地都提到"法医在科学地验尸后得出结论，没有自杀的可能性，是自然死亡。死亡日期可能在六七天前，也就是九月一、二日"。我觉得基本上可以肯定死在睡梦中这一点不是出自法医的鉴定，而只是一种推测。张爱玲指定的遗嘱执行人林式同见到遗体后描述道：

> 张爱玲是躺在房里惟一的一张靠墙的行军床上去世的，身下垫着一床蓝灰色的毯子，没有盖任何东西，头朝着房门，脸向外，眼和嘴都闭着，头发很短，手和腿都自然地平放着。她的遗容安详，只是出奇的瘦，保暖的日光灯在房东发现时还亮着。（转引自刘川鄂：《张爱玲传》，北京十月文艺出版社2003年第2版，第347页）

"遗容安详"是目击者之所见，应当是可靠的；据此作出"她在睡梦中走到了生命的终点"这一推测有一定的道理，虽然证据并不直接和充分。

在这里，我丝毫没有责备作者的意思，在我看来就只少了"似乎"二字，似乎只是一个小小的瑕疵而已。我引用此例是想要说明，传记的语言为了再现真实的传主，必须讲究"准确"，不能有丝毫马虎。不独传记如此，所有非文学类的作品也都不例外，它们必须对存在于作品之外的表述对象即所谓"它者"负责。文学作品就大不一样了，且看《阿Q正传》如下一段描写：

> ……闲人还不完，只撩他，于是终而至于打。阿Q在形式

上打败了，被人揪住黄辫子，在壁上碰了四五个响头，闲人这才心满意足的得胜的走了，阿Q站了一刻，心里想，"我总算被儿子打了，现在的世界真不像样……"于是也心满意足的得胜的走了。

　　于此，似乎从来没有人出来质问鲁迅：你又不是阿Q，也不是阿Q肚子里的蛔虫，你怎么知道他当时"心里想，'我总算被儿子打了，现在的世界真不像样……'"？这原因其实非常简单，《阿Q正传》是小说；既然是小说，作家就具有对他的人物全知全能的权利和本领。这已成为人们的常识。小说在作品自身之外并无一个它必须效忠的"它者"，语言并不言说"它者"，它只是言说自身，从而创造自身。《阿Q正传》之外并无阿Q，骆驼祥子只存在于《骆驼祥子》这一作品之中，阿Q、骆驼祥子是鲁迅、老舍用语言创造出来的，他们寄生于语言，我称之为"语言存在物"，在现实世界里没有他们的户口、身份证等等，而传记作品的传主如张爱玲却实实在在这个世界上生活过，写他们的传记必须真实可靠，语言必须准确妥帖，有时少一个"似乎"都不行。但这并不意味着文学作品的语言，如其中的人物语言就是不可质疑的。不，不是的，只是质疑的角度有别而已。由于文学作品中的人物是虚构的，质疑者当然不可能以真实生活中的某某某是怎么说的为由进行质疑，因为这某某某实乃子虚乌有之物；然而却可以根据作品中人物的性格、所处的情境、人物之间的关系等等因素来判定人物是否会如此说话等。记得我们在讨论语文品质"得体"这一基本要求时引用过俞平伯指出《红楼梦》某版本里袭人的一句话多了一个"你"字：第二十一回"贤袭人娇嗔箴宝玉"时，"袭人冷笑道：'我那里敢动气，只是你从今别进这屋子了……'"袭人是宝玉的丫头，她绝无可能"命令"主人别进他自己的屋子。看起来，文学作品与非文学作品运用的是同一个语言体系，从表面上看两者并没有什么区别，但实际上它们各自有并不相同的游戏规则，各自有并不相同的美学追求和品质标准。就好比散步和赶路，不是都在走路吗？但两者的目的、姿势、状态、心情都大异其趣。例如散步多半是在享受走路本身，而赶路却是为了到达一个预设的目的地。读者阅读文学作品与非文学作品的心态、期待、目的以及批评的准则是不一样的。但也必须看到，文学语言与真实生活里的非文学语言是有交集的，因而衡量的标准也不是相互彻底对立的。问题的复杂性在于，如果作品中的人物是蛮横不讲理的，你要求他说话处处合情合理，那错的不是作者，而是提出这种要求的批评者；然而作品中的蛮不讲理者也可能或真或假地有非常通情达理的时候。

我们首先得把文学看作文学，把文学语言当作文学语言来对待；否则，就会犯把一个人的照片或画像当作他本人那样的错误。作家对于自己笔下的人物所作所为所知所感所思所想能够"全知全能"，并不意味着作家可以随心所欲、胡言乱语，如让阿Q去作关于黑格尔哲学的学术报告等；恰恰相反，文学对语言提出了更高的要求，因而成为语言的艺术。如果演员忘了自己是在舞台上演戏，而是离开戏文、走出角色，回到现实生活中的自己，戏就完全砸了！盖叫天在演武松时跌断了腿，虽然疼痛难熬，但武松还是武松，而不是受伤的盖叫天，这就是盖叫天对艺术的忠诚！如果来一句"痛煞我也"，那艺术就彻底完了。

鲁迅的《风筝》是虚构的故事还是回忆性的散文？百度百科告诉我们：

《风筝》是现代文学家鲁迅于1925年写的一篇回忆性散文。作者首先由北京冬季天空中的风筝联想到故乡早春二月时节的放风筝，流露出淡淡的乡愁。然后自然地从风筝想到儿时往事：作为兄长的他对所谓没出息的酷爱风筝的弟弟的惩罚。成年后的作者为自己幼时的无知，对弟弟儿童天性的扼杀行为充满了内疚和自责。更令作者痛苦的是他已无法求得宽恕，因为弟弟对这件往事已漠然忘（却），这里照应了文章一开头作者见到风筝时"惊异和悲哀"的情绪。这种惊异和悲哀并不仅仅在于作者内心的深刻自我反省，而在于他从弟弟的"全然忘却"中体会到中国老百姓对封建道德奴役、家长式的专制制度的不觉醒，因而倍感改造"国民性"任务之艰巨，点出作者心情沉重的内在原因。

所谓"回忆性"，就是说在现实生活中确实曾经发生过这样的事，现在作者是在运用语言去捕捉客观存在过的往事。

果真如此吗？周作人说：

……有教师写信来问，这小兄弟是谁，到底是怎么一回事？我只能回答说明，这类文章都是歌德的所谓"诗与实"，整篇读去可以当作诗和文学看，但是要寻求事实，那就要花一点查考分别的工夫了。……作者原意重在自己谴责，而这些折毁风筝等事乃属于诗的部分，是创造出来的。（周启明：《鲁迅的青年时代》，中国青年出版社1957年版，第89页）

几十年来，周建人同志数次回答此类询问，直到 80 年代他还给访问者明确作答：我不记得有这回事。（唐炳良:《苦茶居闲文》，安徽文艺出版社 2014 年版，第 162 页）

如果我们相信他们兄弟俩的证词，就会觉得上引"百度百科"的的确确是闹了笑话。

无独有偶，艾柯在他的小说《傅科摆》里讲过一个叔叔和一个阿姨的故事。——既然是小说，里面的故事当然就是虚构的，尽管在这里艾柯利用了他自己的（即非别人的）生活经验。但他的一位朋友却指责他"非常不礼貌地"用了他叔叔和阿姨的悲惨故事。好在这位朋友还是讲道理的，一经说明，误会冰释，此事并没有发展成一场关于名誉的官司。（参见艾柯:《悠游小说林》，生活·读书·新知三联书店 2005 年版，第 11 页）

也许有的读者会问，如果是作者力图忠实地描摹某件曾经发生的事或客观存在的对象，由于是非虚构的，这样的作品就一定不是文学作品吗？

问得实在太好了，答案是：不能一概而论，要对具体作品进行具体分析。质言之，要看作品主要是借"某件曾经发生的事或客观存在的对象"作为道具或布景创造出了一个别有意味的意境，即作者个人的情感世界，还是主要为了再现此事此物本身。创造与再现有时颇难分辨，是否"主要"就有一个把握分寸的问题。直白地说，文学与非文学之间并无绝对明确的汉界楚河，其间肯定有一个模糊地带。好的文学作品读多了，自然会形成一种"文学感觉"，大家相信自己的直觉就是。

我今年 80 岁，当年日本鬼子飞机来轰炸的事几乎毫无记忆，但听大人讲过"逃警报"的事，我们那边还有逃警报时专用的"警报袋"，现在连这两个名词也在我们的方言里消失了。我真正要说的是汪曾祺的散文《跑警报》。这确确实实是一篇足以传世的好作品，也是用来说明文学散文基本特征的好例子。

当年，西南联大的师生确实时常要"跑警报"，但汪曾祺写作的目的显然不是给相关词典的这一条目写说明文字，也就是说《跑警报》主要不是介绍其"跑"的前因后果、利弊得失，"跑"的路线、时间，等等；虽然离不开这些客观存在的事实，但也无非是借此展现作者心目中西南联大师生的从容淡定，即作者所说的"不在乎"。我们读后的主要收获也不是明白了相关历史事实的知识，而是对于西南联大师生精神的一种体验、品味、玩索，一份感受、感慨、感动！当然你可以说，西南联大的这种精神是客观存在，但我们体验、品味、玩索的对象是汪曾祺的这篇《跑警报》之所写，我们的感受、感慨、感动来自这篇《跑警报》之所写。"跑警报"的事当然和阿Q造反、祥子买车不一样，是客观存在的，但如空气般弥漫于《跑警报》整篇作品中的"不在乎"却实实在在是汪曾祺个人独特的发现，而从一定意义上说，发现就是创造；特别是洋溢于字里行间的"不在乎"的语言风格更是汪曾祺个人百分之百的创造。就算"不在乎"不纯粹是汪曾祺的创造，《跑警报》之所以打动我们的特质却不能不承认是汪曾祺百分之百的创造。

如果单看它所写之人之事，可谓杂多，甚至琐碎。全文约4400字，写到有名有姓、有姓无名、无名无姓的却有十余人之众；所写之事，天上地下，过往今来，教学恋爱，对联民歌，零食买卖，涉及面之广之杂，与文章篇幅之短之小，恰恰构成了极其鲜明的对比。

这篇文章的写法，让我想起了我们国画的皴法，或点或线或面，着墨无多，而"神明殊胜"。这篇文章的"神明"就是"不在乎"，而其每个细节都从各自不同的角度、层面与力度为创造同一个意境作出了各自的贡献。如开头第一段：

> ……班上有个女同学，笔记记得最详细，一句不落。雷先生有一次问她："我上一课最后说的是什么？"这位女同学打开笔记夹，看了看，说："您上次最后说：'现在已经有空袭警报，我们下课。'"

作者紧接着说"这个故事说明昆明警报之多"，其实汪曾祺在这里用了"障眼法"。依我看来，表面上固然是在说明警报之多，但我们读了笑过之后，余味无穷的还是"不在乎"。老师的句子非常完整，可见对于警报态度非常从容，丝毫没有惊慌失措的样子；尤其是这位女同学，居然还会一字不落地记下这个本来就可以不记的内容，她这是从骨子里不经意流出来的淡定。写一同学"最善于跑警报"，不只写他"背了一壶水，带点吃的"，还写他夹着一卷诗，而且作者特别点明是"温飞卿或李商隐的诗"，温李两位出现在此处，实在是神来之笔，"最有风度"。如果所带之书是《防空指南》之类，就有霄壤之别，就绝对不是西南联大的学生。这样的例子在文章里多了去了，不胜枚举。倘若这些写的都是联大师生的"不在乎"，那么我们千万不能忘了文章本身的从容淡定，作者自己的"不在乎"，不但洋溢于行文的悠然自得，还表现在多处似乎是远离主旨的"宕开一笔"，如其间关于跑警报地点的文字：

> ……古驿道的一侧，靠近语言研究所资料馆不远，有一片马

尾松林，就是一个点。这地方除了离学校近，有一片碧绿的马尾松，树下一层厚厚的干的松毛，很软和，空气好，——马尾松挥发出很重的松脂气味，晒着从松枝间漏下的阳光，或仰面看松树上面的蓝得要滴下来的天空，都极舒适外，是因为这里还可以买到各种零吃。昆明做小买卖的，有了警报，就把担子挑到郊外来了。五味俱全，什么都有。

接着还介绍了"丁丁糖"得名的由来。又如，前面对原来奔走于古驿道的马锅头们唱"调子"细致描述，这还不够，又引用了内容为情歌的四句唱词，才4000多字的篇幅，题目是"跑警报"，这不是过于奢侈了吗？不，一点也不，汪曾祺以其自身的"不在乎"写西南联大师生的"不在乎"，从而彰显我们中华民族的"不在乎"！文章结尾写道：

为了反映"不在乎"，作《跑警报》。

汪曾祺此文不但以其内容，更以其形式表现"不在乎"，不但让我们读者知道他们的"不在乎"，更是让我们真切地感到了"不在乎"，此其之所以为高也！《醉翁亭记》《喜雨亭记》《项脊轩志》等主要价值都在于对作者主观心灵状态的艺术呈现，而不是其中有关醉翁亭、喜雨亭、项脊轩客观性的部分。

文学、文学语言不仅仅是为了让读者有所知，更要有所感；而且，其知，不是来自作者的说教，而是蕴含于所感之中。

"如"字威力无穷

提　要

　　文学赖有语言得以创造出有别于客观现实的另一种现实，其中的天、地、人，包括人所处的外部环境和他们内部的心灵世界，包括人物所说的语言，全都由语言创造出来，无一例外，文学语言在创造情境、人物的过程中创造自己，展现自身的魅力。但文学语言没有说谎的特权，即使是孙悟空大闹天宫之"假"，也是社会上不少人某种真实愿望的投射，"假"包裹着真。文学所真正追求的绝对不是假，而是比客观实在更具普遍性更有意味的真，读者因此能够对客观实在之真有更清醒、更深刻、更透彻的体悟。

认真说来，我们阅读文学作品其实是在看一个一个的汉字，这一个一个的汉字由横竖撇捺等笔画组成，无色无声无臭，却能使我们"如"临其境，如大观园；"如"见其人，如孙悟空；"如"闻其声，如鲁智深在野猪林一声大吼；"如"见其事，如刘备三顾茅庐。文学语言的魅力就来自这个"如"字。源于这"如"的功能，文学无远不届、无微不至，简直无所不包、似乎无所不能，谁也不能小看。我们看小说，有时不禁泪流满面，仔细想想，也许会觉得奇怪，光凭这些点点画画就有左右你喜怒哀乐的能耐？但事实就是如此，不信还真不行！

文学作品的语言何以有此功能？原来，现实生活中的语言主要用于交际、表达，作用比较单一，而文学作品的语言却能创造出有别于客观现实的另一种现实，这个"现实"，依存于语言，是"语言存在物"，其中一切的一切，包括天、地、人，包括人所处的外部环境和他们内部的心灵世界，全都是由语言创造出来，无一例外！当然也包括其中某一人物所说的语言，也是由语言创造出来的——语言创造"语言"？是的！林黛玉这个人是由语言创造出来的，她临死时说的那句"宝玉，你好……"，当然也是曹雪芹创造出来的，毫无疑问，不容置疑！"你好！"是人们在现实生活里的常用语，意思一般也就是"你好"而已，你听见别人对你说"你好"，意思一般当然也就是"你好"而已，太常见了，太平凡了！除了极为特殊的个别例外，人们一般都不会推究别人某一次对你说的"你好"有何深意。但由于林黛玉的这"你好"，是曹雪芹无中生有生出来的，这"你好"就有无穷的意味，你就可以作无边的解读，于是这"你好"就展示出了无尽的魅力！曹雪芹用他的语言创造出了林黛玉的语言，这是文学语言与现实生活中的语言大异其趣的地方！在曹雪芹的笔下，彼时彼地由彼人说了出来，这太常见、太平凡的"你好"就能惊天地，泣鬼神！就能永垂不朽！这简直是太神奇、太不可思议了！原来用以叙述描绘的语言本身也变成了被叙述描绘的对象，这就是文学语言的奥秘之所在。

上一篇曾经讲到非文学类作品的语言必须讲究真实准确，以与客观存在的"它者"匹配，有时少一个"似乎"都不可以。——这并不意味着文学语言就可以不讲规矩，任性胡来。文学作品所展示之境之人是由文学语言创造出来的，此境此人能不能立得住、站得稳，读者觉得好不好、新不新，有没有被感动、被震撼，首先就看语言。有结构不完整的文学经典，如曹雪芹的《红楼梦》，但古今中外从来没有所谓语言失败的好作品，流传开来、流传下来当然也就无从谈起。语言所创造之境之人，要使读者觉得有趣味、有意思，就得遵循"创造"的规律。文学语言在创造情境、人物的过程中创造自己，即在创造人物、情境的同时展现自身的魅力，我们无法离开人物、情境来欣赏语言；而一离开语言，人物、情境也就立刻化为乌有。"漏"这个字好不好？难说，因为离开一定的情境，任谁都无从判定。杜甫用在《茅屋为秋风所破歌》中的"床头屋漏无干处"，我觉得平平而已——这首诗好在整首诗所表现的意境，不能一句一句孤立起来欣赏。但"一代词宗"夏承焘用在写莫干山的诗句"夕阳红漏数州山"，此处一"漏"，天下万人点赞！平平常常一个"漏"字，跑到夏承焘笔下，是何等形象生动，就像一幅生动的油画。诗人尊重"漏"字客观的词汇属性，以及定—主—谓—宾的造句语法规律，人人如此，文学家也不例外，在这里来不得半点任性；但叫它在云层间"漏"下晚霞的光来，夏承焘却是古来第一人。当然你也可以说这是诗人对客观景象的摹写，不过你也不得不承认这种摹写其实是一种创造！要不，也"漏"一手试试？不容易啊！创造不但不是任性胡来，恰恰基于对规律的尊重，用先哲的话来说，这是戴着脚镣跳舞！

文学语言不能不讲语法、逻辑、情理的规矩，但一味强调中规中矩也就不成其为文学语言了，时时、处处唯中规中矩是求，文学语言就死定了。必须在规矩所允许的范围内有所创造，甚至为此寻求对于规矩某种程度的突破、背叛，勇敢试探读者接受的最大弹性，在规矩与创造之间的独木桥上勇敢而又谨慎地行进。作家要在创造的舞台上，以新颖独特的舞步、舞姿，跳出动人的舞蹈。请看《骆驼祥子》里的一段：

> （骆驼祥子有了自己的车）这可绝不是件容易的事。一年，二年，至少有三四年；一滴汗，两滴汗，不知道多少万滴汗，才挣出那辆车。从风里雨里的咬牙，从饭里茶里的自苦，才赚出那辆车。那辆车是他的一切挣扎与困苦的总结果与报酬，象身经百战的武士的一颗徽章。在他赁人家的车的时候，他从早到晚，由东到西，由南到北，象被人家抽着转的陀螺；他没有自己。

"从风里雨里的咬牙，从饭里茶里的自苦""他没有自己"，遣词造句之出新；"徽章""陀螺"比喻之奇特，全是作者对祥子内心体贴所开出来的语言之花，特别是两个比喻，只有深入祥子的灵魂深处才能掂出它们的分量，领略它们丰富的意涵。是的，祥子"象被人家抽着转的陀螺"，其实，这人家，就是祥子自己，是一个要强的祥子，或者说是祥子的要强。此处，不能没有"象（像）"这个表示比喻的词语。祥子是由"能有自己一辆人力车"的愿景变得"象被人家抽着转的陀螺"，我们也不妨由此联想开去，别的人是由别的愿景变得"象被人家抽着转的陀螺"，愿景不一，使人变得"象被人家抽着转的陀螺"却无二致，司马迁说是"天下熙熙，皆为利去；天下攘攘，皆为利往"。也可以稍稍把角度变一下，祥子变陀螺，也可以说是由于祥子的执着；在封建科举时代，多少文人则是执着于钻进皇帝的毂中，跪在皇帝脚下效犬马之劳，从少年到白头，至死不变。也有的人执着于权，或执着于名，或别的什么。老舍关于陀螺的比喻，其实也是对人性的揭示！不是他们没有自己，陀螺就是他们自己！这比喻，应当说就是文学语言的高境界了。

再看一小段，还是《骆驼祥子》：

……车上的人又说了话：

"你不是祥子吗？"

祥子明白了，车上的是刘四爷！他轰的一下，全身热辣辣的，不知怎样才好。

"我的女儿呢？"

"死了！"祥子呆呆的在那里立着，不晓得是自己，还是另一个人说了这两个字。

"什么？死了？"

"死了！"

"落在他妈的你手里，还有个不死？！"

祥子忽然找到了自己："你下来！下来！你太老了，禁不住我揍；下来！"

刘四爷的手颤着，按着支车棍儿哆嗦着走下来："埋在了哪儿？我问你！"

"管不着！"祥子拉起车来就走。

他走出老远，回头看了看，老头子——个大黑影似的——还在那儿站着呢。

刘四和祥子说的话以及有关心理、表情、动作的描述全都出自老舍的创造。祥子由"不晓得是自己，还是另一个人"到"忽然找到了自己"，实际上是瞬间找回了自己的尊严，喝令刘四"你下来！下来！"五个字，用了两个叹号，他又作为一个男子汉站起来了；同时也守住了自己为人的底线，"你太老了，禁不住我揍；下来！"，他没揍他，但"下来"则不容商量——原本的那个与命运搏斗的祥子，有多了不起，此刻又重新放光！这大大出乎李四的意料，变得让他不认识了。然而，这毕竟只是回光返照，让人为之唏嘘不已。——我后来有机会读到《骆驼祥子》最早的版本，发现通行本和初版文字大体一样，但还是有所修改，不过上面来自现在的通行本的两段引文却未动一字，似乎可以料定作者自己对这两段文字始终都是比较满意的。

再看看张爱玲的舞步舞姿：

波兰生着一张偌大的粉团脸。朱口黛眉，可惜都挤在一起，局促的地方太局促了，空又太空了。芬兰米兰和她们的姊姊眉目相仿，只是脸盘子小些，便秀丽了许多。(《心经》)

"挤在一起"，仿佛是它们有意似的，这就不是单纯的描述，"朱口黛眉"会去挤占地盘，这想象本身就是一种创造！接着又以"太局促""太空"进行渲染，并拉出两个妹妹陪衬，以兹强调，生动幽默，让人不禁为之叫绝！又如：

> 背后是空旷的蓝绿色的天，蓝得一点渣子也没有——有是有的，沉淀在底下，黑漆漆，亮闪闪，烟烘烘，闹嚷嚷的一片——那就是上海。这里没有别的，只有天与上海与小寒。不，天与小寒与上海，因为小寒所坐的地位是介于天与上海之间。（《心经》）

"天与上海与小寒"，已经是一种创造，但作者没有就此止步，而是更上层楼："天与小寒与上海"；然而又不直接写"天与小寒与上海"，偏偏先要"出错"再来纠正，笔法吊诡，以凸显小寒的孤独寂寞。

以上两例，遣词造句基本上都还是中规中矩的，下面的"铁板着"就有点不安分了：

> 梁太太扎着夜蓝绉纱包头；耳边露出两粒钻石坠子，一闪一闪，象是挤着眼在笑呢；她的脸却铁板着。（《沉香屑·第一炉香》）

"铁板"被当作动词形容词来用。再看以下两例，简直就是明目张胆地在造反了：

> 梁太太双肘支在藤桌子上，嘴里衔着杯中的麦管子，眼睛衔着对面的卢兆麟。（同上）

吃了一个"如果",再剥一个"如果",譬如说,他母亲和言子夜结了婚,他们的同居生活也许并不是悠久的无瑕的快乐。(《茉莉香片》)

眼睛仿佛是什么动物的嘴牙,"衔着",用作"眼睛"的谓语,简直胆大包天!不,才气冲天!把从古到今对这一表情的描写一笔打趴下了!把表示假设的"如果"当作可以吃的"果子",不是胡说八道吗?但张爱玲用在此处就是一等一的绝妙好辞!当然不能脱离这特定的语境,否则狗屁不通。

姚先生有一位多产的太太,生的又都是女儿。亲友们根据着"弄瓦,弄璋"的话,和姚先生打趣,唤他太太为"瓦窑"。(《琉璃瓦》)

由于文学是语言的艺术,文学家当然就是语言艺术家。张爱玲玩语言如此出色动人,主要不在她极其丰富广博的语言知识,而在她的联想力、想象力。因"弄瓦,弄璋"这一古已有之的话头以及瓦窑产瓦的常识,就轻松自然地给一位多产女儿的太太册封为"瓦窑",让人一见之下终生难忘!由于逻辑推理的"严密",对他太太的这一"虐称",姚先生竟也不以为忤。想必不少人都知道"弄瓦弄璋""瓦窑",可就是缺张爱玲这语言天分与才能。

"脚镣",不单单是语言规律,还有情理常则。即使是所谓"传奇"也不能随心所欲。张爱玲说《传奇》时说得好:"书名叫传奇,目的是在传奇里面寻找普通人,在普通人里寻找传奇。"这就是她的《传奇》的高明之处,着眼于普通人,是普通人的传奇,或者说是在传奇中表现普通人，说的是普通人的话，行的是普通人的事，即使不是普通的事，也还遵守普通社会的常情常理，万一做了不普通的事，他或她往往还是要照常情常理予以解释。请看《金锁记》里的一个片段：

> 他妹子长安二十四岁那年生了痢疾，七巧不替她延医服药，只劝她抽两筒鸦片，果然减轻了不少痛苦。病愈之后，也就上了瘾。那长安更与长白不同，未出阁的小姐，没有其他的消遣，一心一意的抽烟，抽的倒比长白还要多。也有人劝阻，七巧道："怕什么！莫说我们姜家还吃得起，就是我今天卖了两顷地给他们姐儿俩抽烟，又有谁敢放半个屁？姑娘赶明儿聘了人家，少不得有她这一份嫁妆。她吃自己的，喝自己的，姑爷就是舍不得，也只好干望着她罢了！"

母亲劝诱女儿吸毒（抽鸦片），也真算得是传奇了，这是七巧的变态心理作怪，但面对"有人劝阻"，说的话还挺"义正辞严"的。尤其是她设计请长安的男友童世舫吃饭，特别富于传奇的意味：

> 七巧将手搭在一个佣妇的胳膊上，款款走了进来，客套了几句，坐下来便敬酒让菜。长白道："妹妹呢？来了客，也不帮着张罗张罗。"七巧道："她再抽两筒就下来了。"世舫吃了一惊，睁眼望着她。七巧忙解释道："这孩子就苦在先天不足，下地就得给她喷烟。后来也是为了病，抽上了这东西。小姐家，够多不方便哪！也不是没戒过，身子又娇，又是由着性儿惯了的，说丢，哪儿就丢得掉呀？戒戒抽抽，这也有十年了。"世舫不由

的变了色。七巧有一个疯子的审慎与机智。

一切都那么自然而然，而且充满母爱，确实"七巧有一个疯子的审慎与机智"。她是人，又是疯子，但能温情脉脉地制造儿女的悲剧。这是传奇，是普通人的传奇；虽然听她说的话，一点也不传奇。即使作品所写真的不是人而是狐仙，说的也还是人的话，甚至是正人君子的话。《聊斋志异·雨钱》的故事想必大家都是熟悉的，最后狐仙竟教训秀才说："我本与君文字交，不谋与君作贼！便如秀才意，只合寻梁上君交好得，老夫不能承命！"文学是人学，不是疯子学，更不是狐仙学，写疯子、狐仙，归根结底，还是为了写人。

因此，创造也不能玩过头，一定要把握好其间的分寸。如张爱玲《琉璃瓦》中下面的几句，我觉得就有瑕疵：

> 到了介绍的那天晚上，姚先生放出手段来：把陈良栋的舅父敷衍得风雨不透，同时匀出一只眼睛来看陈良栋，一只眼睛管住了心心，眼梢里又带住了他太太，唯恐姚太太没见过大阵仗，有失仪的地方。

人是有两只眼睛，但两只眼睛同时只能看一个对象，现在不但"同时"要看要管两个地方，而且眼梢另有重要任务，这就过了。读者之所以接受而且还非常喜欢说人话的猴子孙悟空，是由于读者和作者已经达成这样一个无须明言的共识，即：作者把假当作假来写，读者则把假当作假来看，作者没有把假当真以欺骗读者的意图，读者没有也不会有任何上当受骗的感觉。十分明显的是，孙悟空大闹天宫是假的，但确确实实是读者某种真实愿望的投射，简单地说，它只是一个隐喻。倘若作者把明明不可能之假硬是当作确凿无疑之真呈现给读者，好比一个人说他今天上午九时一刻在他家门口亲眼看见一条两头蛇，还听见这蛇一个嘴巴讲英语，另一个嘴巴讲梵语；还对天发誓说他看得真真切切，听得清清楚楚，人家也只会把它当作一个并不高明的谎言，以为他是脑残或是神经出了毛病。如果此人说这是他昨夜睡觉梦见的，那又当别论，因为梦里出现颠三倒四的事情是完全可能的。又如果有相当了解他的人知道他于梵语完全一窍不通，那他也就有骗人的嫌疑。其实任何人对"真"都有极为严格的要求，一般也都会有极其敏锐的直觉，欺骗并不容易，即使能欺骗部分人于一时，也绝对不可能欺骗所有人于永远，这早已成为大家的共识、常识。我们谈到过，非文学作品必须讲究与存在于作品之外的客观实在的对应关系，孜孜追求真实准确；而文学作品则无此羁绊，但这绝不意味着文学家有说谎的特权，文学语言可以去创造客观现实所无的一切，其实何止"可以"，这本身就是它分内之事、应当之事，但它真正追求的不是假，而是比客观实在更具普遍性更有意味的真，读者因此能够对客观实在之真有更清醒、更深刻、更透彻的体悟。上引双眼三看之事，作者起码是当作可能之事来写的，这就冒犯了作者和读者不能以假乱真的契约，虽然只是轻度而已。

文学：文字组合的艺术

提　要

　　人们常说，文学是语言的艺术；其实不够确切。语言有口头、书面之分，诗人作家运用的是书面语言——文字，它虽有留久传远的优势，但却失去了语音这一表情达意最自如最充分最有力的手段，通过笔下的文字展现作家自己或人物特殊的生命状态、生命气息，让读者获得生动、具体、真切的感受，困难可想而知。文学其实是文字组合的艺术，它通过文字富于创造性的组合，揭示人们心灵的无穷奥秘，人性的全新版图。

一

古人云："言，心声也。"此"言"，因其有声，当指口头语言。我们千万不能小视这"声"在语言表达过程中的巨大作用。确实，在思想的各种表达方式中，语音实为最佳手段，文字虽然有留久传远的优势，但它毕竟不能表现语言的语调声气以及相关相连的情感意味。心声之心，如果具体到某一个人在某一时间、地点，针对特定的听者，言说某一特定内容，即使是同一说者也是不同的，甚至是完全异样的。我曾在《语感论》中说过：

> 即使两个人说同一句话，用同一种陈述语气，停顿、轻重、快慢的处理也都一样，其声音也可能具有不同的"味儿"，或热情或冷淡，或真挚或做作，或赞美或讥讽，或客气或粗野，或悲愤或喜悦……不一而足；即使同是热情的语气，也必因人、因内容、因语境的不同而各异，总是千姿百态的。说话者的感情有多复杂、多微妙，语音也就有多复杂、多微妙，……由这种声音造成的某种"味儿"看不见摸不着，但确实存在，并在思想感情的表达中扮演必不可少的角色，起着这样或那样极为重要的作用。(《语感论（第三版）》，上海教育出版社 2006 年版，第 105 页)

要表现语言声音的这种"味儿"，对于书面的文字来说，几乎无能为力，因此就有人断言文字是"罪恶的漏斗"，因为它漏掉了声音，成为一种更具概括性、抽象性的符号。文学语言本应富于情感性、个人性，而概括性、抽象性几乎就是情感性、个人性的"天敌"，作家必须跨过概括性、抽象性这道坎，以他笔下的文字展现作家自己或人物特殊的生命状态、生命气息，让读者获得生动、具体、真切的感受。曾经听说，作家干的活是码字。文学之所以能够成为人学、心学，途径在于此，困难亦在于此；优秀的作家、伟大的作品之所以让人敬佩折服，道理也在于此。文学是语言的艺术，更确切地说，文学是文字的艺术——由于作家创造性地运用，文学语言不但最大限度地回收了被"漏斗"漏掉的声音所表现的一切，而且还能使之具有更丰富更深刻的内涵，让它闪闪发光，甚至光耀千秋。

在表意的基础上，文字的不同组合确实会有不同的效果。顾随指出：

《论语·述而》曰："三人行，必有我师焉。"

《史记》改为："人行，必得我师。"是还是，而没味了。

"士不可以不弘毅，任重而道远"若改为：士必弘毅，任重道远。是还是，而没味了。

曾子所谓"弘毅"。"弘"，大；"毅"，有毅力，不懈怠。"任重而道远"，不弘毅行么？此章中曾子语气颇有点像孔夫子味："……不亦重乎？……不亦远乎？"（顾随：《中国古典文心》，北京大学出版社 2014 年版，第 11 页）

此所谓"味儿"，庶几相当于上文所说的被"漏斗"漏掉的东西。

二

当代作家王小波说过如下这段话：

一部《情人》曾使法国为之轰动。大家都知道，这本书的作者是刚去世不久的杜拉斯。这本书有四个中文译本，其中最好的当属王道乾先生的译本。我总觉得读过了《情人》，就算知道了现代小说艺术；读过道乾先生的译笔，就算知道什么是现代中国的文学语言了。（韩袁红：《王小波研究资料》上，天津人民出版社 2009 年版，第 25 页）

先来看王小波提到过的小说第一段，除了王道乾的，还有另外三位译者的译文：

我已经老了，有一天，在一处公共场所的大厅里，有一个男人向我走来。他主动介绍自己，他对我说："我认识你，永远记得你。那时候，你还很年轻，人人都说你美，现在，我是特为来告诉你，对我来说，我觉得现在你比年轻的时候更美，那时你是年轻女人，与你那时的面貌相比，我更爱你现在备受摧残的面容。"（王道乾译，《情人》，上海译文出版社 2004 年版，第 3 页，下称乾译）

当我华年已逝的时候，一天，在某个公共场所的大厅里，一个男人朝我走来。他做了自我介绍，对我说："我认识你很久了。人们都说你年轻时很美，我来是对你说，我认为你现在比年轻时更美。我爱你现在的毁损的面容，胜过爱你年轻时的面容。"（王东亮译，《情人》，四川人民出版社 1985 年版，第 1 页，下称亮译）

我已经上了年纪，有一天，在一所公共场所的大厅里，有个男人朝我走过来。他在做了一番自我介绍之后对我说："我始终认识您。大家都说您年轻的时候很漂亮，而我是想告诉您，依我看来，您现在比年轻的时候更漂亮，您从前那张少女的面孔远不如今天这副被毁坏的容颜更使我喜欢。"（戴明沛译，《情人》，北京出版社1986年版，第2页，下称戴译）

我已经老了。有一天，一个男人主动向我走来，介绍自己，那是在一处公共场所的大厅里。他对我说："我认识你，永远都不会忘记。那时你很年轻，大家都说你美丽极了，现在我特意来告诉你，在我看来，现在的你比年轻时更美，你现在这张备受摧残的面容比年轻时娇嫩的面孔更让我热爱。"（孙建军译，《情人》，广州出版社2007年版，第3页，下称孙译）

第一分句"我已经老了"，相比于其他两种译法，乾译、孙译几乎完全相同，除了一个标点。这一句，只要你看它读它想它，它就会不断分泌出一种沧桑感：青春已逝，往事如烟，来日无多，前路茫茫，唯一可以确定的就是死期已经不远。这一句乾译用的是逗号，孙译用的是句号——在此我必须郑重申明的是，本人对法文一窍不通，本文意在比较不同汉译本身，而非他们与原作的关系——我喜欢此处用句号，使它独立成句，况且意思本已完足，也有条件独立成句。我以为它若是独立的一句，会更有震撼力；若用逗号，和下文粘连在一起，则有拖泥带水之嫌。亮译"当我华年已逝的时候"，由于"华年"的年龄界限较为模糊，弹性不小，这就把那种沧桑感稀释殆尽。戴译"我已经上了年纪"，似乎也比不上"我已经老了"。是的，"上了年纪"不就是"老了"吗？用顾随的话来说，"是还是，而没味了"，起码是味儿寡淡了："上了年纪"有点委婉，有点隔，不像"老了"那么直截了当，因此人们可以当面说人"上了年纪"，一般都不说"老了"。当然老人自己可以说自己"老了"，不必委婉，不必隔，直截了当就是，特别是有一番不凡阅历的老人，更有一种不胜感慨的味道。第二句中"他主动介绍自己"的"主动"一词，为亮译、戴译所无，但我觉得有要好得多，因为更能描摹出当时的真实情境：此人，我初读时以为下面他肯定还会再次出现的，结果他却从此就失踪了。看他下面所说的话，似乎他和"我"从来没有交往过，"主动"就是必须的了。"我始终认识你"，由于"终"还包括未来的时段，加在"认识"之前多少有点别扭。相比之下，"我认识你很久了"就较为顺畅，只是有可能会使对方感到突兀。由于两人此前从无交集交往，第一句说"我认识你"是很自然的——读者诸君不妨设身处地想一想，这见面第一句到底该怎么说，我估计说"我认识你"的一定比较多，因为这样说最合情合理。"我始终认识你"多少有冒昧之嫌；乾译紧接着说"永远记得你"，比较自然，贴近当时情境和人物心情。孙译"永远都不会忘记"，当然也可以，但接在"我认识你"之后，由于"永远记得你"再次出现了"你"，更能体现他多少年来对她的一往情深，一比就觉得"永远都不会忘记"稍逊一筹。他接下来所说的话，乾译"觉得"远胜"认为"，"觉得"感性一些，"认为"理性得多，对象美与不美，还是用"觉得"准确贴切。"美"也胜过"漂亮"，因为更庄重，更富内涵。让人数十年不改其爱的应当是"美"，此处"漂亮"分量似乎略略轻了一点。"毁损""毁坏"，因通常有"毁容"一词，让人感到用在此处有点过了。"备受摧残"，我个人也觉得有那么一点点过，乾译、孙译不约而同，大概原意如此吧。"我是特为来告诉你"比"我来是对你说""而我是想告诉您"把意思说得更明白，"特为"用得好，当然"特意"也好。乾译"那时你是年轻女人，与你那时的面貌相比，我更爱你现在备受摧残的面容"，则比"我爱你现在的毁损的面容，胜过爱你年轻时的面容""依我看来，您现在比年轻的时候更漂亮，您从前那张少女的面孔远不如今天这副被毁坏的容颜更使我喜欢""你现在这张备受摧残的面容比年轻时娇嫩的面孔更让我热爱"都更妥帖一些，它突出了"我更爱你现在备受摧残的面容"，这可能与它所处的结句位置有关，更是由于它说得更清楚更直截了当，其他三句有的句子太长了一点，有的结构复杂了一点，而"胜过"云云，火候似乎也差那么一点点，不如乾译干脆利落。至于"热爱"，用于爱情、夫妻似乎有点不伦不类，起码是不太符合我们汉语的习惯。总之，王道乾的译文具有一种特殊的味道，特殊的韵律。

三

上面是就杜拉斯《情人》第一段的四种汉译所作的约略比较。这一段语言明白晓畅洁净，和许多文学语言甚至和我们的日常语言几乎没有太大区别，但也就是第一段而已，"明白晓畅洁净"绝对不能说是整部小说的语言特色。下文拟就此依据乾译简单谈谈个人的阅读感受。《情人》的语言，一般并不只是用来描写生动的细节以塑造人物形象，或巧妙推进情节的发展演变，等等，它往往直击人心，揭示人物心灵深处光怪陆离的纵横断面，总是那么独特、新颖，那样富于个性、出人意料，让你有触电似的感受。它不管是惜墨如金还是泼墨如水，几乎笔笔都尖锐有力，如：

　　我曾经回答她说，我在做其他一切事情之前首先想做的就是写书，此外什么**都不做，什么都不做。她，她是妒忌的**。她不回答，就那么看了我一眼，视线立刻转开，微微耸耸肩膀，她那种样子我是忘不了的。我可能第一个离家出走。我和她分开，**她失去我，失去这个女儿，失去这个孩子**，那是在几年之后，**还要等几年**。对那两个儿子，没有什么可忧虑的。但这个女儿，她知道，**总有一天，她是要走的，总有一天，时间一到，就非走不可**。她法文考第一名。校长告诉她说：太太，你的女儿法文考第一名。我母亲**什么也没有说，一句话也没有说**，她并不满意，因为法文考第一的不是她的儿子，**我的母亲，我所爱的母亲啊，卑鄙卑鄙**，她问：数学呢？回答说：还不行，不过，会行的。我母亲又问：什么时候会行呢？回答说：太太，她什么时候想要什么时候就会行的。

每一处加黑部分的前后都有重复，若删去这些重复的语句，从表意的角度看，毫无影响，但"味儿"却很不一样。如"此外什么都不做，什么都不做"，这是她在自言自语，不仅仅是为了说明"此外什么都不做"而已，更要表现她的坚决、坚定，重复不是由于需要审视、推敲，更不是因为犹豫不决，而是为了加强，一再地加强；而且在我看来，还有对这一决心自我肯定、自我欣赏的味道。又如"她失去我，失去这个女儿，失去这个孩子"，从描写事实这一层面看，"她失去我"一句也就够了，何必重复？但仔细品读，三句的情味却不一样，第二句的"失去"意味着骨肉分离，第三句由于"孩子"这一词语而增添了"失去"的悲剧意味，三句是一层深过一层的关系。再如："她，她是妒忌的"，前一个"她"连同那个逗号，不是完全多余的吗？不！此时此处，作为女儿，作为"她"的亲生女儿，必得以重复来强调"她"，作为母亲的"她"；而且必要用逗号停顿一下，由于她妒忌的是自己的女儿，无论是由于为母亲羞愧，还是出于对母亲的愤怒，她都得喘口气才能接着说下去。如果说"她不回答，就那么看了我一眼，视线立刻转开，微微耸耸肩膀……"还有可能她不太相信女儿真的会写书，真的会去写书，这"不相信"是相当平常甚至是很不起眼的事儿；但这里"我母亲什么也没有说，一句话也没有说"却是由于得知女儿法文考了第一名。在此处，只有重复，才足以让读者真切地感觉到事态的异样、心理的异样：母亲竟会由于女儿法文第一名而不高兴，虽然令人难以置信，但却千真万确！更有甚者，"法文第一名"让她非常不爽之后，她并不甘愿就此罢休，总得找到女儿的一项"不行"来平衡一下，于是她问"数学呢？"总算得到了可以让她高兴的"还不行"这一回答。老师不是说"不行"，而是说"还不行"，不管是无心还是有意，"还"对"不行"起到了一种缓冲作用，"还"字给出了日后会行的空间，所以自然地紧接着就说"不过，会行的"，明白无误地表现出了对这学生以后会好起来的信心和期待。可母亲却完全相反，得知女儿数学还不行，对她来说还不够，因为她满心希望她永远不行，所以才有"什么时候会行呢？"这一问。从字面看，"什么时候"是中性的，或很快，或过段时间，或可能要过较长时间，应该三者都可以接受；但这里母亲显然是希望"永远不行"。虽然着墨不多，但人物的表情、心理，却是跃然纸上。"数学呢？""什么时候会行呢？"两句问话，其实连着追问，非要找出女儿的缺陷不可，简直有点恶毒！不是吗？然而这并非不可理解，她是替她深爱的儿子又特别是大儿子"妒忌"。这一段几乎每一句对读者都极富冲击力。就我的人生经验和阅读经验而言，我真的没有听说过更没有遇见过这样的亲生母亲，不幸的是，这一切都是真的，它的描写，更确切地说是它的语言让我信服了。它不是陈词滥调，而是在人的心灵领域所开垦出来的处女地。"我的母亲，我所爱的母亲啊，卑鄙卑鄙"，这是一个年轻女儿怎样痛苦的呼号啊！

《情人》的语言往往因其表达之新而别具一种魔性。有的在一段里面不断转换叙述者、被描写者：

> 一切都在迎合他的欲望，让他把我捕捉而去，让他要我。我变成了他的孩子。每天夜晚，他和他的孩子都在作爱。有时，他害怕，突然，他担心她的健康，他发现她会死去，会失去她；这样的意念在他心中闪过。突然间他又希望，她真是那样柔弱，因此，有时，他还是怕，非常害怕。她的这种头痛病也使他害怕，头痛发作，她变得面无人色，僵死在那里，眼上敷着浸水的布巾。还有这种厌恶情绪，甚至厌恶生命，厌恶感一出现，她就想到她的母亲，她无端哭叫，想到不能改变世事，不能让母亲生前得到快乐，不能把害母亲的人都杀死，因为忿恨而哭泣。他的脸紧偎着她的面颊，吸取她的泪水，把她紧紧抱住，疯狂地贪求她的泪、她的愤怒。

第一二两句写的应当是"我"，第三句开始叙述者就变成了作者，他无所不知；而其间，从"还有这种厌恶情绪"开始，原本是描写他的，忽而又变成了她。这是叙述角度的变幻莫测。更有意思的是渗透其间的意趣往往出人意外，如当"我"发现自己容颜已老，"我倒并没有被这一切吓倒，相反，我注意看那衰老如何在我的颜面上肆虐践踏，就好像我很有兴趣读一本书一样"。最后一分句的"好像",就像紧接着滂沱大雨之后突然出现的灿烂阳光一样,令人炫目。再如:"说来话长。已经七年了。这是在我们十岁的时候开始的。后来,我们十二岁了,十三岁了,十四岁,十五岁。再下去,十六岁,十七岁。前后整整持续了七年。"从十二岁数起,一年一年一岁一岁数下来,直到十七岁,这样的语言总让人感到其中隐藏着一点什么特别的东西,可以让人不停地咀嚼,特别是把它和上下文联系起来的时候——上文告诉了你"这"指什么,下文也会让你知道这最后的句号意味着什么。

上举几段,自信还可以看明白,说清楚,还有不少虽然有所感觉,或者深有感觉,甚至似乎有所感悟,但却难以准确说明。如:

他注目看着她。他闭上眼也依然还在看她。他呼吸着她的面容。他呼吸着眼前的一个孩子,他两眼闭着呼吸着她的呼吸,吸取她身上发出的热气。

有的则几乎只有朦胧一片,如下面一段,又特别是最后几句:

我告诉他我认为他有许多女人,我喜欢我有这样的想法,混在这些女人中间不分彼此,我喜欢我有这样的想法。我们互相对看着。我刚刚说的话,他理解,他心里明白。相互对视的目光这时发生了质变,猛可之间,变成虚伪的了,最后转向恶,归于死亡。

就这样,《情人》总是带着读者跟随它文字的特殊组合去感受陌生新奇的一切,开辟出作为人学心学的新的独特的文学疆土。

"惟陈言之务去"

提　要

诗人要表现他独特的生命体验和不同于前人旁人的情感状态，必须运用新的言语，陈词滥调是文学语言的天敌，创新性是文学语言的基本特征。诗人一般不能生造字词和语法规则，所谓创新主要是指创造新的语言组合。它基于对优秀的特别是经典作品的继承，经过无数次的尝试、比较、肯定、否定、锻炼、修改等，富于创造性的词语组合才有可能终于出现在思维过程的终端。其决定因素还是诗人思想情感的新颖、独特、深刻，用语、用事、脱胎等等全只是助产士而已，"自作此语"才是常态。

非文学语言一般由于必须服务于实用的目的，给创造性留下的空间并不太大，甚至非常有限，因为一旦越出了实用目的的需要，就有可能弄巧成拙，适得其反。而文学语言由于仅仅服务于自身，只是为了创造自身的价值，创造不仅可能，而且必须。因而文学被视为语言的艺术。这一特征最鲜明地表现于诗歌语言，我们且以旧体诗词为例略作探究。

诗歌以抒情为职志，而所能凭借的只有概括抽象的语言——若不抽象不概括，就不成其为语言，"人"字指尽古今中外所有的人，把他们的基本特征高度浓缩其中——天、地、山、水，红、黄、兰、白，胖、瘦、高、矮，爱、恨、苦、乐，美、丑、生、死，还有还有、由于、所以、然而，等等，无一例外。即使是专有名词，如泰山、黄河、李白、杜甫，因其所处时空的不同而不尽相同，冬天的西湖与春天的西湖大异其趣，安史之乱前后长安的面貌也各不一样，所有的不同、相异全在其中消失殆尽。但，具体的人之具体的情却总是个别的、独特的，于是语言就显示出了它的无能无奈的一面。他说"我很高兴"只能使听者知道他"很高兴"而已，却无法让你体验到他"高兴"的真实情感状态。古人早就觉察到了这一点，也想出了克服的办法。古人云：

> 作者得于心，览者会以意，殆难指陈以言也。虽然，亦可略道其仿佛。若严维"柳塘春水漫，花坞夕阳迟"，则天容时态，融和骀荡，岂不如在目前乎？又若温庭筠"鸡声茅店月，人迹板桥霜"，贾岛"怪禽啼旷野，落日恐行人"，则道路辛苦，羁愁旅思，岂不见于言外乎？（欧阳修《六一诗话》）

"鸡声""茅店""月"这些词虽然是抽象概括的，但当它们组合在一起时却能够比较成功地激发读者对于词语之外的与之仿佛的想象，在感觉中出现一幅与之相仿佛的画面，从而让读者感受到作者所要抒写的"道路辛苦"。又如陈子昂的《登幽州台歌》：

> 前不见古人，后不见来者。
> 念天地之悠悠，独怆然而涕下。

形象感似乎弱于"鸡声茅店月"，但诗人独立苍茫、怆然涕下的画面还是能够唤醒读者与之相关的情致思绪，进而与之产生共鸣。看来，诗歌语言能够抒情的关键就在于词语的组合，以使作者之心与览者之意能够会于"言外"。由于情感的个人性、独特性，对于业已被表现的情感来说它必然是崭新的，即使同是失恋的痛苦，张三也一定有别于李四，诗人表现他新的不同于前人旁人的情感必须运用新的言语，因此韩愈提出了"惟陈言之务去"的主张，从正面说，就是要创造新的语言组合。

创造不是无中生有，而是以此有生彼有。"此有"指的是作者极其强烈的思想情感，若不把它表达（更准确地说应是"实现"）出来，一颗心似乎就无处安放，总是不由自主地在向言语表达的方向不断酝酿化育，直到最终在语言中得到安顿。情感在其创造性的安排中得以安顿的语言就是"彼有"，由此作者与读者之间能够沟通彼此的感触、感受、感情。这是一条崎岖、曲折、艰难的道路，需要付出极其艰苦的努力。贾岛因"独行潭底影，数息树边身"两句的写作感慨道："两句三年得，一吟双泪流"；后来卢延让又有《苦吟》云："吟安一个字，捻断数茎须。险觅天应闷，狂搜海亦枯。"但是，尽管困难，古往今来诗人词客还是创造出了足以让我们为之深深感动的无数辉煌篇章。

参与这个"彼有"酝酿化育过程的除了作者思想情感这一关键因素，作者原先的语言积累当然也必不可少，主要就是对前人语言成果与经验的消化吸收，当然还得加上一定的天分，因此才有"生"的可能。三者缺一不可。夏承焘《自赠》曰："古如无李杜，我亦解高吟。莫拾千夫唾，虚劳一世心。江湖秋浩荡，魂梦夜飞沉。脱手疑神助，青灯似水深。"该诗强调的是基于个人生命体验的独特创造，但他自己在《天风阁诗集》的"前言"里说：

予自幼爱好诗词。十四岁考入温州师范学校以前，已学作五、七言诗，然尚未入门。逮入温师，与同学李骧晨夕共处，日以诗词韵语相研讨，乃稍稍得识门径。同时从李骧、梅冷生诸诗友处假阅《随园诗话》、李义山、黄仲则、龚定庵、王渔洋诸家诗，寝馈其间四五年。

《夏承焘词集》之"前言"谓："早年妄意合稼轩、白石、遗山、碧山为一家，终仅差近蒋竹山而已。"我们几乎可以断言，没有李义山、黄仲则、龚定庵、王渔洋，就没有夏承焘的诗；没有稼轩、白石、遗山、碧山、竹山，就没有夏承焘的词。出新由苦读而来，创造由苦吟而来，人自助而后神能助之。"莫拾千夫唾，虚劳一世心"，是说由于平日不下苦读苦吟的功夫，尤其是不用心体验生命的感受，写作时就只靠拾人唾余勉强敷衍成篇，当然不可能写出及格的文字来；若不劳心于创造，只满足于蹈袭，即使劳其一生也只是虚度而已。

黄山谷云："老杜作诗，退之作文，无一字无来处。盖后人读书少，故谓韩杜自作此语耳。"于此倘若理解为杜甫吟诗开口之际、韩愈作文下笔之时，全都要考究拟用之字是否已见于前人的典籍，那就是一个骗人的谎话，实在不可思议，从古至今任何一个天才都绝不可能做到。杜、韩当然是"自作此语"，毋庸置疑。假如理解为杜、韩所用之字无一是自己所生造者，那几乎人人如此，又何必杜、韩？其实这话是着眼于杜诗韩文在读者心目中的观感，这一点王国维就说得比较清楚："读杜诗韩文，总感觉无一字无来历。"诗人们自小寝馈典籍间，腹笥极为丰富，谋篇布局遣词造句时，一似前人，相关语词、句式、篇法就会不招自来，匍匐其前听候调遣，好比丰腴土壤中自可长出健壮可人的萌芽枝叶，读者和诗人虽难以一一指陈它们的来处，读者却总感到似曾相识。理解黄山谷、王国维的话，我以为有一点必须指出，就是语词从"来处"面世以后已经带上一定的感情色彩，更在辗转流行的过程中不断得到深化强化。如"长亭"就有离别、送别的色彩，当我们读到前人诗词中某一含有"长亭"的语词组合，自然就有可能产生与送别、离别相类似的感觉，而且这种感觉还可能在读这一新的组合时得到巩固和加强。

"彼有"的出现，经过了无数次的联想、比较、肯定、否定、尝试、修改等等，富于创造性的词语组合才终于出现在思维过程的终端，若有神助，天光一现。这在诗歌创作过程中是完全正常的，且大多如此。夏承焘最好的词是作于1927年的《浪淘沙·过七里泷》，他晚年曾嘱咐他的门生家人在他辞世时吟诵此作，以资送别：

万象挂空明，秋欲三更，短篷摇梦过江城。可惜层楼无铁笛，负我诗成。

杯酒劝长庚，高咏谁听？当头河汉任纵横。一雁不飞钟未动，只有滩声。

　　我想，只有走火入魔的人才会去一一考究其中所用词语的来历；也许"只有滩声"是唯一的例外，因为早在宋代陆游就有"只有滩声似旧时"之句，但任何一个严肃的读者都不会把它们搅在一起，其间的距离实在太过遥远。这首词特别是它下片的每一句全是崭新的创造性组合，感慨遥深，不下陈子昂的《登幽州台歌》，一读之下，令人终生难忘。

　　一般地说，"此有"与"彼有"语言的关系并不直接，甚至难以索求；但也有例外，即所谓"用语"。如钱钟书1938年的《哀望》颔联："熟知重死胜轻死，纵卜他生惜此生"，出句用司马迁"人固有一死，或重于泰山，或轻于鸿毛，用之所趋异也"，对句用李商隐"他生未卜此生休"，但不是用而已，而是化用、巧用、创造性地用，意思、情感都进了一层，由消沉而积极。又如聂绀弩《周婆来探后回京》：

　　　　行李一肩强自挑，日光如水水如刀。
　　　　请看天上九头鸟，化作田间三脚猫。
　　　　此后定难窗再铁，何时重以鹊为桥？
　　　　携将冰雪回京去，老了十年为探牢。

　　"窗再铁"，再铁窗？铁窗再？似乎都不成话。只有三个字的空间，怎么办？"再坐牢"？语言不仅仅是叙事的工具，再说"牢"是平声，用在此处万万不可。天才也可能是被逼出来的，终于蹦出来"窗再铁"三个字！旧语生新，点铁成金，与下联"鹊为桥"巧妙成对。就像"春风又绿江南岸"使绿可作动词一样,"此后定难窗再铁"也使"铁"可作动词来用,是家居之窗变成铁窗的意思,这是对汉语表现力的创新与开拓。再如聂绀弩《解晋途中与包于轨同铐,戏赠》:"曾经沧海难为泪,但到长城岂是家。"出句改"水"为"泪",虽一字之差,已使原句脱胎换骨。像聂绀弩这样的人,在如此情境之中,不流泪而泪自流的"条件""理由"可谓多矣:离妻别女,一也;六四高龄,二也;前途茫茫几近绝望,三也;眼前遭遇前所未有的屈辱与痛苦,四也;国家遭此动乱、浩劫,五也;回首一生经历,想到自己曾经为之献身的理想和事业,更是心受煎熬,泪流难禁——但,聂绀弩已经没有眼泪,此时此际的眼泪是弱者的眼泪,是迫害者希望的眼泪,是让同铐、同行者更加难受的眼泪。数十年的曲曲折折、起起落落,数十年的阅历磨练、见闻思考,使他没有眼泪,只有坚定、坚强、坚韧!当然他也得感谢古人语言艺术的铺垫,正因为前有元微之之"曾经沧海难为水",才有聂绀弩的"曾经沧海难为泪";倘若没有"曾经沧海难为水",即使有"曾经沧海难为泪",读者也未必认同;但由"水"而"泪",想得起,改得出,也了不起!与此相映成趣的是钱钟书《将归》之一:

将归远客已三年,难学王尼到处便。
染血真忧成赤县,返魂空与阙黄泉。
蜉蝣身世桑田变,蝼蚁朝廷槐国全。
闻道舆图新换稿,向人青只旧时天。

以"染血"坐实赤县之"赤",末句"向人青只旧时天","青"双关青天之青与青眼之青,似非亲历者所不能到,作者于想象中得之，不是"渊博与睿智"所能完全解释的，实深于情也。

与用语相关的是"用事"，即用典。黄庭坚名作《寄黄几复》首联"我居北海君南海，寄雁传书谢不能"，是创造性地化用事典的典型例子。《汉书·苏武传》本有雁足传书的典故，但说的是雁足传书之"能"，黄诗却说"不能"，用事而能出新——由"能"而"不能"并非诗人信口胡说，因为有雁南飞至衡山而回这一传说作为支撑，正与出句"我居北海君南海"（北海当在衡山之北，南海当在衡山之南）关合。因此陈衍评此诗曰："次句语妙，化臭腐为神奇也。"

"此有"与"彼有"的语言也有相当明显类似甚至相同的情况，大体上有如下三种。一是抄袭。《才调集》选录贾曾的一首《有所思》云：

> 洛阳城东桃李花，飞来飞去落谁家。
> 幽闺女儿爱颜色，坐见落花长叹息。
> 今岁花开君不待，明年花开复谁在。
> 故人不共洛阳东，今来空对落花风。
> 年年岁岁花相似，岁岁年年人不同。

施蛰存说："这完全是剽窃了刘希夷的主题和诗句，甚至连宋之问赞赏的两句也据为己有。"（《施蛰存全集（第六卷）·唐诗百话》，华东师范大学出版社2011年版，第27页）戴叔伦"一年将尽夜，万里未归人"之于梁武帝萧衍"一年漏将尽，万里人未归"，也与抄袭无异。用语与抄袭的区别在于，用语是为创造新的意境服务，而不是简单重复诗的意思；再说用语一般不用整句，而只是词语、短语（词组）而已。

二是引用。先看李叔同的《送别》：

长亭外，古道边，芳草碧连天。

晚风拂柳笛声残，夕阳山外山。

天之涯，海之角，知交半零落。

一壶浊酒尽余欢，今宵别梦寒。

……

"天之涯，地之角"源自韩愈《祭十二郎文》"一在天之涯，一在地之角"。"夕阳山外山"源自元代薛昂夫的《双调·楚天遥过清江引》："春若有情春更苦，暗里韶光度。夕阳山外山，春水渡傍渡，不知那答儿是春住处？"这算不算抄袭？我以为不算。为什么？《楚天遥过清江引》的主题是惜春，不同于李叔同的《送别》，在这特定的语境里，"夕阳山外山"所表达的是友人前路的遥远；"夕阳山外山"由于"山外山"的"夕阳"比一般的夕阳下山更易更快，于是依依惜别的无奈也就随之弥漫开来。应该说这是李叔同创造性地引用。再看《红楼梦》中林黛玉《葬花吟》"桃李明年能再发，明年闺中知有谁？"也和刘希夷《代悲白头翁》"今岁花开君不待，明年花开复谁在"有相仿之处，我觉得施蛰存以为是"偷"的批评过于严苛。和《有所思》之抄"年年岁岁花相似，岁岁年年人不同"的本质区别在于，它和李叔同用"夕阳山外山"一样，都在新的诗境里有了新的内涵、新的色彩，获得了自己新的生命；特别是《送别》和《葬花吟》都是有别于原作的艺术珍品，绝非亦步亦趋的平庸之作，所引之句已经成为新生命的有机组成部分。我读诗无多，却非常喜爱它们，但我希望上面的辩护并非出自我的偏见。

三是脱胎，即"彼有"之语句系从"此有"中发展变化而来，这在诗词创作中最为常见，最为普遍，几乎无人不用。如"前不见古人，后不见来者"脱胎于《楚辞·远游》"往者余弗及兮，来者吾不闻"；王勃的"海内存知己，天涯若比邻"脱胎于曹植的"丈夫志四海，万里犹比邻"；钱起的"曲终人不见，江上数峰青"脱胎于陈季的"一弹新月白，数曲暮山青"；李清照的"此情无计可消除，才下眉头，却上心头"脱胎于范仲淹的"都来此事，眉间心上，无计相回避"。一般地说，"脱胎"应该超过原作，否则大可不必。上述数例均可谓层楼更上，作者都付出了创造性的劳动。钱钟书《宋诗选注》选郑文宝《柳枝词》："亭亭画舸系春潭，直到行人酒半酣；不管烟波与风雨，载将离恨过江南。"出注称："这首诗很像唐朝韦庄的《古离别》：'晴烟漠漠柳毵毵，不那离情酒半酣。更把玉鞭云外指，断肠春色是江南。'但是第三第四句那种写法，比韦庄的后半首新鲜深细得多了。"这种例子还真不少。清代诗人郑珍（字子尹）《自沾益出宣威入东川》描写路途艰辛云："昨宵蚤会今宵蚤，前路蝇迎后路蝇。"钱钟书说："写实尽俗，别饶姿致，余读之，于心有戚戚焉。"在抗战中，他"往返浙、赣、湘、桂、滇、黔间，子尹所历之境，迄今未改"，写道："每至人血我血，搀和一蚤之腹；彼病此病，交递一蝇之身。"（周振甫、冀勤：《钱钟书〈谈艺录〉读本》，中央编译出版社 2013 年版，第 103 页）显然又超过了郑珍。清代诗人鄂容安句云"到此已穷千里目，谁知才上一层楼"，能在"欲穷千里目，更上一层楼"之后翻进一层，有所创新，实也不易，令人叹服。《沙家浜》的"铜壶煮三江"，要不是汪曾祺自己交底，谁又能确定它是从苏东坡《汲江煎茶》"大瓢贮月归春瓮，小杓分江入夜瓶"脱化出来的？由此可见，脱化也是一种创造，或者说是创造之一途。

诗词语言总是在继承中创造，在创造中继承，决定因素还是诗人思想情感的新颖、独特、深刻,用语、用事、脱胎等等全只是助产士而已,"自作此语"应是常态。试举两例。先看聂绀弩《六十》之一:

六十一生有几回,自将祝酒泻深杯。

诗挣乱梦破墙出,老踢中年排闷来。

盛世头颅羞白发,天涯肝胆觑雄才。

藏书万卷无人管,输与燕儿玉镜台。

除首联较平之外,其他全真正实践了"惟陈言之务去"的主张,限于篇幅,我们只讲颔联。聂绀弩后期以诗为命,特别是在劳改期间,生活确实犹如乱梦,还好是"诗"救了他,使他能够挣脱乱梦,冲出监狱的高墙而获得"自由"。"挣"字妙在亦虚亦实,"破墙"语含双关,特别是"老踢中年"之"踢",可谓气壮山河!如此之老,老得如此强壮,如此顽健,如此精神,诗史上可能空前绝后!细看,言语的创造只是诗人情志的自然发露而已。再看启功的《自撰墓志铭》:

中学生,副教授。博不精,专不透。名虽扬,实不够。高不成,低不就。瘫趋左,派曾右。面虽圆,皮欠厚。妻已亡,并无后。丧犹新,病照旧。六十六,非不寿。八宝山,渐相凑。计平生,谥曰陋。身与名,一齐臭。

每一句都是大幽默、大智慧、大实话、大创造!每一个词都用得恰到好处,词与词之间、句与句之间的任何一个组合都完美无缺。这就是一颗无价的诗之钻石!

弥漫的诗情诗意

提　要

　　文学语言具有情感性，能够唤起读者的某种情感体验，而优秀的文学作品往往是在此基础上，进一步去追求语言的诗性，使之富于诗情诗意，让读者在一定情境中感受到有别于该语句、段落字面意义的更深的内涵和意味，留下巨大的解读空间。由于许多优秀的小说几乎通篇都弥漫着这种诗情诗意，因而被称作诗性小说，如卡夫卡的《变形记》就堪称伟大的诗性小说，读者每次阅读都可能会有惊喜的发现。

我想，文学语言和文学作品的语言应该是两个不完全相同的概念。如果我们把诗歌语言当作特例另文讨论，那么就可以说，文学作品的语言和非文学的实用文的语言有时就几乎没有什么区别，单是着眼于语言，我们往往难以区分某一篇作品究竟是小说还是记叙文。由于小说里也可能出现较为完整的论说文字，因此不能说议论的语言就不是文学作品的语言。质言之，文学作品的语言与非文学作品的语言外延几乎相等。文学语言可就不一样了，它应该是指具有文学性的语言。所以，真正的问题是，何谓文学性，其基本特征到底是什么。这是一个很难作出准确回答的问题，但有一点似乎可以肯定，文学语言就是能够唤起读者情感体验的语言，它是情感性的。《荷塘月色》："这些树木将一片荷塘重重围住；只在小路一旁，漏着几段空隙，像是特为月光留下的。"倘若着眼于内容，无非是说：荷塘四周都有树，只在小路旁边有几段空地，遍地都是月光。——太平常了，可以说没有什么情感性可言。但朱自清通过语言别出心裁地构建了荷塘、树木、小路、空地与月光之间全新的关系，树木之围住荷塘，是树木有意为之，而"漏着"云云更是特殊的安排。为什么作此安排？看来"像是特为月光留下的"。全新的关系来自作者独特的发现，来自作者心灵此时此地的独特感受，最终体现于作者独特的遣词造句，使之具有浓郁的情感性。

诚然，非文学作品的语言有的也具有文学性——情感性，但这不是它的必备条件。文学作品必须能够动人，否则就不是文学作品，或者说根本没有达到及格水平。然而，即使优秀的文学作品也不是每一词每一句都能独自唤起读者的情感体验，但这一词一句却参加了整篇作品动人的合唱，都是一个整体的有机组成部分，它们虽非典型样态的文学语言，但也不能否定它们的作用——文学语言必在一定情境之中才能唤起读者的感情体验，而情境正是它们烘托的结果。

在情感性的基础上，优秀的文学语言还有更高的追求，这就是诗性。一提到诗或诗性，我们往往会觉得颇为玄妙，难以说清，至少到目前为止，似乎尚无大家一致认可的定义或界说。但也不能因此视而不见，临阵脱逃，只有迎难而上，姑且抛砖引玉吧。我从苏东坡的名句"作诗必此诗，定知非诗人"得到一点启发——我们是不是可以这样来理解文学语言的诗性，即能在一定情境中让读者感受到具有超出该语段字面意义之外的别的意味。苏东坡的"横看成岭侧成峰，远近高低各不同。不识庐山真面目，只缘身在此山中"字面固美，字面之外的意味也极为丰富深长，这就是诗，这就是好诗！再举文章的例子，他在《记游松风亭》这篇小品文中写道："余尝寓居惠州嘉祐寺，纵步松风亭下，足力疲乏，思欲就林止息，望亭宇尚在木末，意谓是如何得到？良久，忽曰：'此间有甚么歇不得处？'由是如挂钩之鱼，忽得解脱。""此间有甚么歇不得处？"就是极富言外意味的语言，它能让人感悟到一种即使身处困顿之境也活得自在的哲理。——可惜文章接着就直接点明了这一点："若人悟此，虽兵阵相接，鼓声如雷霆，进则死敌，退则死法，当甚么时也不妨熟歇。"可见苏东坡写作该文的目的就是为了说明这个道理，言外之意一变而为言内之理，其意味就寡淡了许多。再把话说回来，就诗性而言，这言外意味应当有比字面更深刻的内涵，甚至能够唤醒人们心灵里沉睡着的对光明、幸福的追求，激发读者心灵中潜伏着的对卓越、崇高的向往。

就我自己的阅读体验而言，在诗歌之外，我印象最为深刻的体现文学语言的诗性的作品之一，就是屠格涅夫的《贵族之家》，大一读过，至今难忘。它写的是19世纪俄罗斯所谓上流社会的一个悲剧。

热诚、正派的贵族青年拉夫列茨基已经奉父母之命而结婚，因为妻子只知沉溺于金迷纸醉的生活，风流、自私、虚伪、恶俗，夫妻之间根本没有爱情可言。虽然实际上已经与离异无异，但依当时的社会习俗和宗教规定，他没有离婚的权利。然而他却爱上了纯洁的姑娘丽莎，丽莎也深爱着他，尽管她由于这一爱情的非法性而无比歉疚。后来因听信报刊上妻子已死的传言，于是他就向丽莎表白了爱情，她也以心相许。但是实际上其妻未死，并且还找上门来，于是他俩的爱情只能以悲剧结束。丽莎进了修道院，他则隐居乡间，致力于改善农奴的处境。虽然采摘花瓣得不到花朵的美丽，我也只能举出其中一两个片段作为例子，这片段是这部长篇感情之流的旋涡，倘若对故事没有一个大概的了解，欣赏就根本无从谈起。先看拉夫列茨基和丽莎花园诀别的片段：

> "请把话说完，我请求您！"拉夫列茨基惊叫起来。
> "您想说什么？"
> "也许，您将来会听到的……然而无论如何，请忘记……呵，不，请不要忘记我！记住我，想着我！"
> "我会忘掉您？！……"
> "够了。永别了！不要再跟着我了！"
> "丽莎，"拉夫列茨基想再说下去。
> "永别了，永别了，"她重复了两遍，把面纱更低地罩在脸上，几乎是小跑般地往前走去了。（屠格涅夫：《贵族之家》，赵询译，四川文艺出版社 1986 年版，第 221 页）

屠格涅夫描写人物，使我想起了我们中国画的"写意"，用笔极其简练洁净，但每一线条又都意味无穷。

这时若要描述他们的心理活动，即使用数倍的篇幅可能也难讨好，但屠格涅夫却用几句简短的，有的甚至是不完整的对话就深深打动了读者，因为这寥寥数语已经能让读者体贴他们心灵的痛苦。由"请忘记"跳跃到"呵，不，请不要忘记我！记住我，想着我！"，在纸面上只是一个无声的删节号，在说话时只是短短瞬间的沉默，但此时无声胜有声，就在这刹那间，她的灵魂勇敢地跨过了一条巨大的鸿沟，或者说翻阅了一座高大的山峰，由认命而反抗，在命运面前她再次选择了坚贞的爱情，并且大胆地请求对方也忠诚于他们的爱情。选择了爱情，就是选择了心灵的光明和幸福，这是爱情的胜利，也是人性的胜利；同时也就是反人道的社会习俗和黑暗的宗教势力的失败。我想，三个"永别了"，一定会像锤子一般敲击着读者的心灵。这就是诗性的文学语言，不朽的文学语言！接下来我们再看一个与此相关相连的片段，那是在几年之后，在小说的"尾声"：

> 听说，拉夫列茨基去参拜过丽莎出家的那所修道院，并且看见了她。当她从一个唱诗台走到又一个唱诗台，迈着修女那种平稳、谦恭而快捷的步伐从他身旁走过时，没有看他一眼，只是当她的目光射在他的身上时，她的睫毛颤动了一下，把她那消瘦的脸深深地低下，那绕着念珠的、紧握着的手指也攥得更紧了。在这样的时刻，他们两人想了些什么？有什么感受？有谁知道？又有谁能告诉我们呢？生活中是有这样的瞬间和这样的感情的……我们只能指出世上存在着这种瞬间和感情，但我们这些局外人，却是既难以意会，也无能言传的。（屠格涅夫：

（《贵族之家》，赵询译，四川文艺出版社1986年版，第237页）

是的，"在这样的时刻，他们两人想了些什么？有什么感受？有谁知道？又有谁能告诉我们呢？……"确实，"我们这些局外人"，"既难以意会，也无能言传"，但作者不能就此罢休，他必须克服这似乎难以克服的困难，起码要把开启他们心灵门户的钥匙交给读者："……没有看他一眼，只是当她的目光射在他的身上时，她的睫毛颤动了一下"，这"一下"胜过千言万语啊！虽然已经四五十年过去了，初读时对丽莎的这"一下"的记忆至今仍然清晰，没有忘记。它留给读者的解读空间无疑是极其巨大的。而我们所感受到的，绝不只是他们之间铭心刻骨的爱情之火仍然没有熄灭这一点，我想，几乎所有的读者都会由这一悲剧想开去，想得很多很多。他们的忠贞、纯洁、真诚、高贵，屠格涅夫的悲悯、深刻和他独特而又娴熟的语言艺术，永远是我心灵的宝藏。需要特别指出的是，作者一再强调两个主人公当时感受感情的不可知性，恰恰是从反面去引导读者进入他们的内心世界，尽管我们确实不可能完全地准确地了解，但即便是读者"进入"的意图，也就已经实现了作者肯定不可能进入的真实愿望，此所谓相反相成是也。文学语言有时就具有这种吊诡的"暗示"功能。

由于《贵族之家》有多个汉语译本，这就给了我们就语言本身进行比较的可能。上引第二段译文是我比较喜欢的一种，但似有点瑕疵："没有看他一眼，只是当她的目光射在他的身上时……"，"目光射在他的身上"不就是"看他"吗？甚至比"看"色彩还要强烈一点。我建议改用"余光"，汉典上的一个解释是"视觉焦点以外的视力范围"："只是当她眼睛的余光照在他的身上时"，这样似乎合理一点。最后一句："生活中是有这样的瞬间和这样的感情的……我们只能指出世上存在着这种瞬间和感情，但我们这些局外人，却是既难以意会，也无能言传的。"一本作"人生有那样的一些瞬间，那样的一些情感……它们是只能稍作指点，便一晃而过的"，看起来"稍作指点"和"一晃而过"存在事理上的因果关系或时间上的前后关系，但这两种关系似乎都难以存在。另一本作"会有这样电光火石的瞬间，这种情感存在于生活中……指出它们就到此为止好了——请与它擦身而过吧"，为什么是"就到此为止好了"，又为什么"请与它擦身而过"，这两个问题似乎难以回答。——在此，我要郑重申明的是，作为一门功课，我上大学时学过三年俄语，但早已完全忘光，本就没有资格就此翻译问题说三道四，我只是从汉语遣词造句的角度说点想法，如有不当，请多指教为感！

诗性的文学语言，与《贵族之家》同样让我难以忘记的是老舍的《月牙儿》。月容母女先后被饥饿逼得卖身求生，其中最让人痛入骨髓的还不是连妓女都不如的暗娼生活的屈辱和苦难，而是这种屈辱和苦难对他们母女的心灵和母女之间关系的腐蚀。

　　叫我最难过的是我慢慢地学会了恨妈妈。可是每当我恨她的时候，我不知不觉地便想起她背着我上坟的光景。想到了这个，我不能恨她了。我又非恨她不可。我的心像——还是像那个月牙儿，只能亮那么一会儿，而黑暗是无限的。

　　我希望妈妈给我点安慰。我知道安慰不过是点空话，可是我还希望来自妈妈的口中。妈妈都往往会骗人，我们把妈妈的诳骗叫作安慰。我的妈妈连这个都忘了。她是饿怕了，我不怪她。她开始检点我的东西，问我的进项与花费，似乎一点也不以这种生意为奇怪。我告诉她，我有了病，希望她劝我休息几天。没有；她只说出去给我买药。"我们老干这个吗？"我问她。她没言语。可是从另一方面看，她确是想保护我，心疼我。她给我作饭，问我身上怎样，还常常偷看我，像妈妈看睡着了的小孩那样。只是有一层她不肯说，就是叫我不用再干这行了。我心中很明白——虽然有一点不满意她——除了干这个，还想不到第二个事情作。我们母女得吃得穿——这个决定了一切。什么母女不母女，什么体面不体面，钱是无情的。

　　她，月容，在那个社会里，没有朋友，只有天上的那个月牙儿是她唯一可以倾诉心曲的朋友，月牙儿是她苦难的见证、命运的隐喻，也是她心灵的象征。"即使在白天，我也有时望一望天上，找我的月牙儿呢。我心中的苦处假若可以用个形状比喻起来，必是个月牙儿形的。它无倚无靠的在灰蓝的天上挂着，光儿微弱，不大会儿便被黑暗包住。"月牙儿凄清冷静，但对于月容来说她是光明的象征。面对黑暗，月牙儿在艰难地挣扎，不时亮一会儿，给月容带来淡淡的安慰和微茫的希望，但却越来越少了。最后她居然进了监狱，小说结尾写道："在这里，在这里，我又看见了我的好朋友，月牙儿！多久没见着它了！妈妈干什么呢？我想起来一切。"月牙儿在小说里可以说是一个诗的意象，它终于被黑暗吞噬殆尽，小说的诗性是渗透于字里行间的对社会邪恶势力的无比的愤怒，强烈的谴责，坚决的否定，它们像火一样在熊熊燃烧！作者甚至忍不住走到前台来诅咒："狱里是个好地方，它使人坚信人类的没有起色；在我作梦的时候都见不到这样丑恶的玩艺。自从我一进来，我就不再想出去，在我的经验中，世界比这儿并强不了许多。我不愿死，假若从这儿出去而能有个较好的地方；事实上既不这样，死在哪儿不一样呢。"这开头一句从艺术上说可能是败笔——她似乎说不出这样富于哲理的话语，但却完全可以原谅。作者的激情，也许就是我终于把这令人不忍卒读的文字读完的主要原因。月牙儿终于升起在我和其他读者心灵的天空，让我们一再品读她在黑暗中顽强的挣扎和悲苦的结局，想起人世间比这还要黑暗的黑暗。

其实，《贵族之家》《月牙儿》都可以称作诗性小说，因为它们并非只有其中的几段文字富于诗性，而是整部小说几乎都弥漫着诗情诗意。最伟大的诗性小说当然是曹雪芹的《红楼梦》和托尔斯泰的《战争与和平》，还有如海明威的《老人与海》和卡夫卡的《变形记》。《老人与海》《变形记》与《红楼梦》《战争与和平》一样，都是被专家、读者不断研究、谈论的题目，其篇幅已是作品本身的无数倍。现在我想从对比的角度把这两部作品联系起来说一点我的看法。《老人与海》诗化了我们人与自然的斗争中所表现出来的坚强，也就是人们常说的那种艰苦卓绝的硬汉精神；而《变形记》，我以为则是表现了我们人对待几乎谁都可能遇到过、体验过的冷漠甚至冷酷时所表现出来的高贵的善良。老渔夫的坚强与格里高尔的善良构成了人类高贵精神的双璧，都是我们的诗，我们的远方。卡夫卡曾经说"这篇故事有点可怕"，一觉醒来发现自己竟变成了甲虫，这不可怕吗？不过可怕并不仅仅止于此。格里高尔在一家公司里以他数年如一日的忠诚、勤勉供养父母和妹妹；在他变成甲虫以后，又"以忍耐和极度的体谅来协助家庭克服他在目前的情况下这种由他引起的不愉快"，尽管这种状况对他来说也是被迫无奈的；但他家里人对他的疏离、冷漠却一天更甚一天，终至"彻底绝望"，以至于他妹妹坚持"他一定得走"，"我们一定得把他弄走"，家里人似乎达成了这样的共识：他是"我们一切不幸的根源"。这对格里高尔来说难道不可怕吗？年轻时初读《变形记》，我只看到这可怕，不过，现在看起来，这可怕似乎仅仅是为了烘托他的善良，彰显他的可敬。他发现自己不幸变形之后，首先想到的不是求医（这简直不可思议！），而是上班，而是工作，而是"早起"，而是还清父母的债，等等。"目前，我无论如何要起来了，因为我乘的是五点的车。"对他的家人，他还要怎么样呢？又还能怎么样呢？他总是为别人着想，几近全心全意，完美无缺。特别是他妹妹"他一定得走"的主张几成家人共识时，"他带着爱心和感动回忆家庭，并坚定地认为他必须从这个家里消失，这种看法的坚定性比起他妹妹来，是有过之而无不及。在这种情况下，他陷入了空洞而安静的沉思。教堂已第三次敲响了晨钟，黎明开始了，他正经历着窗外破晓的时光，他的头无意识地完全地低垂，他已经鼻息奄奄了"。

初读时，震撼我的是小说第一句；现在却是这一段。而且，我深深觉得，格里高尔之所以变成甲虫而不是什么猛兽，就是为了与他的善良相匹配。格里高尔家里人对他绝望了，要赶走他了，而他对他家里人却始终怀着"爱心和感动"。对他妹妹的主张，他不是原谅，没有怨恨，因为他"这种看法的坚定性比起他妹妹来，是有过之而无不及"，因此也就无所谓原谅和怨恨。是的，这篇小说，更确切地说这个悲剧让人有窒息感。这一点又和《老人与海》形成了鲜明的对比，这不仅仅因为老人是最终的胜利者，更由于有一位少年自觉自愿要成为他的朋友，实际上是老人精神的继承者；而格里高尔却孤独寂寞地死去了。我想，我们读者看完《变形记》的时候，所想的应该不是我们要不要坚持善良的问题；要不，卡夫卡又何必写这篇作品呢！

"一枝动，百枝摇"

提　要

　　一篇优秀的文学作品所创造出来的词与词、词与句、词句与段落乃至全篇之间的关系往往能够使它们相互激活、相互叫醒、相互呼应、相互映照、相互加强，"一枝动，百枝摇"，好像一个生命网络中各个节点之间的关系一样，它们的意蕴会因此而变得异常丰富，显得多姿多彩。因而作品中的每一个字词语句，都不应该被轻视、忽视，一枝枯则百枝损。在作品的语言网络里，发现节点，发现节点之间的真实关系，进而发现文学语言丰富深刻的意蕴，有时是一件并不容易的事。

"语言是处处相通，有内在的联系的。语言像树，枝干树叶，汁液流转，一枝动，百枝摇；它是'活'的。"这是汪曾祺《中国文学的语言问题》一文中的名言。一篇优秀的文学作品所创造出来的词与词、词与句、词句与段落乃至全篇确实具有这种相互激活、相互叫醒、相互呼应、相互映照、相互加强的关系，好像一个生命网络中各个节点之间的关系一样。正是由于这样一种关系，文本的语言就会突破所谓字面意义的局限，从而使自己的意蕴变得非常丰富，给读者提供无比巨大的解读空间。

契诃夫的著名短篇《苦恼》，可以说就是文学语言"一枝动，百枝摇"这一特征的生动证明。这个短篇，我以前看到的是约纳这个人，是他只能向马倾诉他心里话而表现出来的孤苦，无可告诉的痛楚。其实，这一看法忽略了约纳那匹瘦马在《苦恼》这个语言网络里作为一个节点的不可取代、不可或缺的作用。请看全篇倒数第二句：

　　那匹瘦马嚼着草料，听着，向它主人的手上哈气。

从前我并没有怎么注意这个貌似平常、简单的只有一句话的段落，以为它所显示出来的无非就是字面所说的那点意思：马在听着约纳的倾诉，对他还有亲昵的表示；想必约纳由此得到了安慰。但如果把它作为全文网络的一个节点并把它和其他节点联系起来，它的意味、价值就完全不一样了。上文用了相当多的篇幅来写搭马车的乘客，写约纳和他们的交往，例如第一个乘客，看来还比较和善，曾经表现出对他的一点关心，似乎愿意听他说点什么，但"……后来他有好几次回过头去看他的乘客，可是乘客闭上眼睛，分明不愿意再听了",现在我们把倒数第二段和这个节点接通关系,两个节点的意味和价值就都得到了提升:由于这匹瘦马"听着","分明不愿意再听"这一句的冷漠,就被特别加浓加深了,"他"显然不如"牠"。而这"他"显然不如"牠"的涵义,无可争辩的是瘦马"听着"所赋予的。第二拨乘客是三个年轻人,连前面那个军人也不如。他们嘲笑他的帽子,他只是就此回应而已,却被勒令"你少废话,赶车!"后来三人中又有人骂道:

> "呸,见你的鬼!……"驼子愤慨地说。"你到底赶不赶车,老不死的?难道就这样赶车?你抽它一鞭子!唷,魔鬼!唷!使劲抽它!"

如果说"老不死的"尚有"老"字和约纳搭边,"魔鬼"则只有魔鬼才会骂得出口了。他们还"骂个不停,诌出一长串稀奇古怪的骂人话,直骂得透不过气来,连连咳嗽",后来居然还动手打他!而那匹瘦马却"向它主人的手上哈气",比起前面那个军人,他们更不如"牠"!就是和约纳一样的被侮辱被损害者也没有兴趣或没有时间、没有神气听一听他讲自己的悲惨故事。但,"那匹瘦马嚼着草料,听着,向它主人的手上哈气"。"牠"给了他的同类不愿给、不能给的温暖。

对约纳无以排解的丧子之痛,作者把它说出来来,让读者有所知是容易的,如果要让读者有真切的感受就困难了。但是契诃夫成功地做到了。他是怎么完成这一困难任务的呢?奥妙就是作者让它接通了小说语言网络的另一串节点,这就是第二拨乘客的小气、傲慢、冷漠,还有另几个邂逅者的漠不关心。"二十戈比的价钱是不公道的，然而他顾不上讲价了……一个卢布也罢，五戈比也罢，如今在他都是一样，只要有乘客就行……"可见约纳所求不高也不多，他只是希望能够有人而不是马听一听他儿子的悲惨故事，作为一个人，他有与同类交流、对话的基本需求，为求通过倾诉来稍稍缓解他的铭心刻骨的失子之痛，他接受了这个不公道。接着他甚至付出了他的尊严。他们嘲笑他的帽子，

"嘻嘻……嘻嘻……"约纳笑着说。"凑合着戴吧……"

"喂，你少废话，赶车！莫非你要照这样走一路？是吗？要给你一个脖儿拐吗？……"

他"笑着说"，试图攀谈，结果碰了壁，反而挨骂。即使挨骂，仍不甘心，再做努力：

"嘻嘻！"约纳笑道。"这些老爷真快活！"

下面的描写真正体现了作者的天才：

约纳感到他背后驼子的扭动的身子和颤动的声音。他听见那些骂他的话，看到这几个人，孤单的感觉就逐渐从他的胸中消散了。

约纳绝对不是受虐狂，他倾诉的欲望实在是太强烈了，他一个孤老头子真的承受不了这丧子之痛，即便是有人骂他，也可以缓解他的孤独，因为他以为只要有人，他就可以有倾诉的对象。

驼子骂个不停，诌出一长串稀奇古怪的骂人话，直骂得透不过气来，连连咳嗽。那两个高个子讲起一个叫娜杰日达·彼得罗夫娜的女人。

约纳不住地回过头去看他们。正好他们的谈话短暂地停顿一下，他就再次回过头去，嘟嘟哝哝说：

"我的……那个……我的儿子这个星期死了！"

"大家都要死的……"驼子咳了一阵，擦擦嘴唇，叹口气说，"得了，你赶车吧，你赶车吧！诸位先生，照这样的走法，我再也受不住了！他什么时候才会把我们拉到呢？"

"那你就稍微鼓励他一下……给他一个脖儿拐！"

"老不死的，你听见没有？真的，我要揍你的脖子了！……跟你们这班人讲客气，那还不如索性走路的好！……你听见没有，老龙？莫非你根本就不把我们的话放在心上？"

约纳与其说是感到，不如说是听到他的后脑勺上啪的一响。即使挨打，他也不肯罢休，还"笑"着讨好他们：

"嘻嘻……"他笑道。"这些快活的老爷……愿上帝保佑你们！"

"赶车的，你有老婆吗？"高个子问。

"我？嘻嘻……这些快活的老爷！我的老婆现在成了烂泥地……嘻嘻嘻！……在坟墓里！……现在我的儿子也死了，可我还活着……这真是怪事，死神认错门了……它原本应该来找我，却去找了我的儿子……"

约纳回转身，想讲一讲他儿子是怎样死的，可是这时候驼子轻松地呼出一口气，声明说，谢天谢地，他们终于到了。

这就是两个节点不断碰出的火花。没有这些人的冷漠，也就没有约纳的努力，因为无此必要；另一方面，没有约纳的努力，也就显示不出这些人的冷漠，因为无此机会。作者细致地描述了他一次次向人接近的努力，又一次次失败的惨痛历程。

人类，他的同胞终于把他无情地赶了出来，于是他只得走向他的马，但出乎意料的是，马"人道地"接纳了他；并在人野蛮地拒绝了的时候，满足了他低微的愿望。

同时我们读者也终于真正体贴到了约纳的内心世界，甚至比他自己还要了解他。

我认为，一篇好的文学作品，其语言"一枝动，百枝摇"，确实形成了一个牵一节点而动全篇的语言网络，几乎每一个词句都具有网络性。我们阅读的时候要去发现这个语言网络，发现语言的网络性，发现这"一枝"与"百枝"的关系，而不是只抓住某些片段就根据自己的某些偏见得出片面的结论。

下面所展示的是两个极为独特也非常有趣的例子。

一个是汪曾祺的散文《观音寺》。它写的是作者抗战期间在观音寺的教书生活，不长，只有约2210字。虽然只有约2210字，但其中所用的"一"字却有54个之多，文尾"一九四六年"的"一"除外。捧读再三，我仍然不能断然肯定，全篇用了这么多"一"字，是否作者有意为之。所能肯定的是几个片段，如：

……教员一人一间宿舍，室内床一、桌一、椅一。还要什么呢？挺好。每个月还有一点微薄的薪水，饿不死。

这密集的六个"一",生动地烘托出了当时此处生活的简陋,特别是作者随遇而安的满足心态。"每个月还有一点微薄的薪水,饿不死。"这"每个月还有"的"还"和上文"还要什么呢"的"还"相呼应,又与"一点微薄的薪水"的"一点"相映照,煞是有趣,让我想起《在没有航标的河流上》那位青年农民的台词:"你别以为我不注意营养,去年双抢期间我还买了一斤半酱油来吃呢!"真是异曲同工啊!"一点"又连同"饿不死"与"挺好"接通,把单纯而又复杂的心情以极简练的文字传达得淋漓尽致。这六个"一",使其境历历在目,其情跃然纸上,可谓意味无穷,你能说不是作者刻意安排的吗?再如:

> 他每天上午、下午都要教这些孤儿唱戏。他大概是云南人,教唱的却是京戏。而且老是那一段:《武家坡》。他唱一句,孤儿们跟着唱一句。"一马离了西凉界",——"一马离了西凉界";"不由人一阵阵泪洒胸怀",——"不由人一阵阵泪洒胸怀"。听了一年《武家坡》,听得人真想泪洒胸怀。

这里比前面还多,八个"一"字连用,孤单、孤独、孤苦全都由此喷涌而出,难怪"听得人真想泪洒胸怀"。

文中之"一",有的是非用不可的,如文章第一句"我在观音寺住过一年"的"一年",不是半年,也不是一年半,就是"一年",无可回避,也无可改易。但不寻常的是,与文章结尾处"我在白马庙又接着教了一年"的"一年"巧合,从遣词造句的角度看,只能以"鬼斧神工"来形容,起于"一年",结于"一年",用歌德的话来说是"画出了一个意味亭匀的圆",造物主如此安排当然不是为了多少年后的一篇文章能够首尾呼应，但文章作者如此表达肯定也不是完全无心的。也有的似可用"一"而偏不用，如"这里后来成了美国兵开着吉普带了妓女来野合的场所"，"场所"前本可加"一个"。有的"一"似不要亦可，如"……他手里攥着一截突出来的肠子，一边走，一边还问人：'我这是什么？我这是什么？'"也可写成"边走还边问人"，但味道不如原文来得足。更多的是像下面的例子，如："有一个管理员"，可作"有个管理员"；"有一个很奇怪的单位"可作"有个很奇怪的单位"；"有一条水渠""南边是一片丘陵""孤儿院的西边有一家小茶馆""西北围墙外是一个孤儿院"等处，我觉得"一"字均可删去，而且也并不怎么影响表达。这是从这些句子本身看，若着眼于全篇，则恐怕就不一样了。我总觉得该作"一"字之多，大多是为了写出此处荒僻苍凉的氛围，不见荒僻苍凉这些字眼，却能让人有荒僻苍凉的感受，这是那么多"一"字所形成的网络参与创造出来的所谓"氛围"，"不着一字，尽得风流"，此之谓也。

上面的例子，作为网络节点的"一"尽在明处，也有的通篇似乎不见某一网络节点的身影，但它确实存在着。例子是契诃夫的《一个文官的死》。

我是在人性论遭批、阶级论为王的年代上的大学，并开始当语文教师。我常常总是把小说给看"扁"了，把小说里的人物看"扁"了。例如《一个文官的死》，文官自然是被同情的对象——记得我当年所看的版本，"文官"作"小公务员"，"小公务员"似乎更能博得读者的同情，那将军自然是憎恨的对象，正如题目所示，这个小公务员的死无疑是这篇小说的焦点，而同样明显的是，他死于那个将军的粗暴冷酷。在当时看来，这一望而知，并且毋庸置疑：难道这个可怜的小公务员不是被将军骂死的吗？白纸黑字，一清二楚！但这一观点只是由漂浮于文本某些片段的字面意思所得出的结果。我们只要稍稍细心一点，就会发现我们制造了一个冤假错案。首先必须纠正的是，文官是在将军叫他"滚出去"以后在自己家里死的，说是被骂死的，似乎并不准确稳妥。文官究竟是怎么死的，值得追究，我甚至相信，作者也希望并在引导我们追缉真凶。为此，必须弄清将军与文官两个节点之间的真实关系。将军当初对待这位文官的态度几乎无可挑剔：文官第一次向他道歉，他说"没关系，没关系……"；第二次，他说"哎，您好好坐着，劳驾！让我听戏！"；第三次，他说"哎，够了……我已经忘了，您却说个没完！"他的愤怒、粗暴是被文官一步一步激出来、逼出来的。对于他的死，我认为将军不负主要责任，甚至没有责任，绝对不是罪魁祸首；而文官自己也只是不该后来把打一个喷嚏当作罪错，一而再、再而三不停地道歉，以致终于弄得对方不可忍受为止。不过几乎可以肯定的是，他死于过度的惊吓。就此而言，将军当然难脱干系，但不是真凶。那么究竟是谁吓死了他？

作者一再强调："不管是谁，也不管是在什么地方，打喷嚏总归是不犯禁的。农民固然打喷嚏，警察局长也一样打喷嚏，就连三品文官偶尔也要打喷嚏。大家都打喷嚏。切尔维亚科夫一点也不慌，拿出小手绢来擦了擦脸，照有礼貌的人的样子往四下里瞧一眼，看看他的喷嚏搅扰别人没有。"如果搅扰了别人，道个歉也就得了；如果对方通情达理地说一句"没关系"，事情也就彻底过去了，他理所当然地"一点也不慌"。他道了歉，对方还连说两句"没关系"，而不是一句，可结果怎么样呢？仅仅是打了一个喷嚏并且已经为此立刻道歉的文官，不但慌了，还竟由此而受到过度的惊吓，最终死了！

令他惊恐不已的显然不是因有人受到搅扰，也不是由于受到搅扰的是"将军"——契诃夫还天才地一再提示，这将军并不是他的顶头上司，也就是说打喷嚏者完全可以不用那么惊恐，但他还是那么惊恐！我想作者是唯恐我们错怪到哪一个具体的人头上，才设计了这个将军不是他的顶头上司这个细节，以此为这位文官找到可以不必如此惊恐的理由。他妻子就因此而"放心"了："她先是吓一跳，可是后来听明白布里兹托洛夫是'在别处工作'的，就放心了。"但是，毕竟官大一级压死人。此其一。其二，对于"这个摆架子的人"，他也曾想过不去"赔罪"，但他还是去了，而且不止一次。到底是什么原因让他妻子觉得还是"赔个不是的好"？他自己最终也还是赔罪去了？分析至此，真凶——第三个节点终于现身了：有道是"官大一级压死人"，真正的罪魁祸首原来是那个社会的等级制度！具体的处于某一等级的人即使实际上真的非常和善，也难以减轻制度本身的冷酷无情，人是因这制度变得可怕！现在再回过头来看小说开头的几句：

> 在一个挺好的傍晚，有一个也挺好的庶务官，名叫伊万·德米特里奇·切尔维亚科夫，坐在戏院正厅第二排，举起望远镜，看《哥纳维勒的钟》。他一面看戏，一面感到心旷神怡。可是忽然间……在小说里常常可以遇到这个"可是忽然间"，作者们是对的：生活里充满多少意外的事啊！可是忽然间……

原以为是无关紧要的闲文，"忽然间"也显示出了不一般的意味，在森严的等级制度下一个人的命运是如此脆弱，甚至只是打了一个喷嚏也会产生极其严重的后果，即使这个打喷嚏的是个"挺好的庶务官"也难以幸免。当然，这同时也是一个性格的悲剧。不过，我仍然要说，这种性格不也是这个社会、这种制度熏染出来的吗？

我之所以要选《一个文官的死》为例，当然首先是源于我自己的阅读经验，错怪将军的人，想必在我的同龄人中一定还有；不过最主要的是想通过这个颇为特殊的案例说明，在作品的语言网络里，发现节点，发现节点之间的真实关系，进而发现文学语言丰富深刻的意蕴，有时确实是一件并不容易的事。

"各师成心，其异如面"

提　要

　　文学语言的风格其实就是作家的精神个性、言语个性在他作品言语形式中的实现。从表达内容，我们不能完全看见作家"本人"，而言语表达形式却是"各师成心，其异如面"(《文心雕龙·体性》)。上个世纪30年代，俞平伯和朱自清就"桨声灯影里的秦淮河"这同一个题目作文，风格迥异，朱自清是在写"我"眼中的秦淮河，显得非常平实；而俞平伯是在写在秦淮河泛舟的"我"，灵动之态可掬。

　　我刚读中师时，就想不明白，

两个乐队演奏同一支乐曲，怎么会有不同的效果。原来，世界上没有完全客观的演奏者，即使他是认真努力地按照曲谱演奏的；演奏，必定是在某种程度上的演绎，对乐曲有演奏者自己的理解，演奏不可能不渗透自己的感情。乐曲如此，文学语言就更不用说了，由于它是作家的创造，往往总是富于作家个人的独特性，文学也特别重视和强调作家个人的独特性。科学研究的成果可能由集体努力而取得，但文学作品似乎极为罕见。我总觉得，《红楼梦》有的版本作者署名是曹雪芹、高鹗著，似乎有点别扭，不太对头。

布封关于风格的论述，想必大家都耳熟能详，为省翻检之劳，我还是把最要紧处摘抄如下：

> ……知识、事实与发现都很容易脱离作品而转入别人手里，它们经更巧妙的手笔一写，甚至于会比原作还要出色些哩。这些东西都是身外物，风格却就是本人。（布封：《论风格——在法兰西学士院为他举行的入院典礼演说》，《译文》1957 年第 7 期）

文学语言的风格其实就是作家的精神个性、言语个性在他作品言语形式中的实现。从表达内容，我们不能完全看见作家"本人"，而言语表达形式却是"各师成心，其异如面"（《文心雕龙》）。上个世纪 30 年代，俞平伯和朱自清就"桨声灯影里的秦淮河"这同一个题目作文，是现代文学史上一段著名的佳话。对两篇散文作一粗略比较，或许多少能够对两位不同的语言风格有所感受，虽然只是影影绰绰的而已。因两篇文章都不短，只能从两文中选取几个部分或片段进行对比。

由于两篇文章题材相同，语言风格的差异自会更鲜明突出一些。

先看开头：

> 一九二三年八月的一晚，我和平伯同游秦淮河；平伯是初泛，我是重来了。我们雇了一只"七板子"，在夕阳已去，皎月方来的时候，便下了船。于是桨声汩——汩，我们开始领略那晃荡着蔷薇色的历史的秦淮河的滋味了。（朱自清）

> 我们消受得秦淮河上的灯影，当圆月犹皎的仲夏之夜。

> 在茶店里吃了一盘豆腐干丝，两个烧饼之后，以歪歪的脚步踅上夫子庙前停泊着的画舫，就懒洋洋躺到藤椅上去了。好郁蒸的江南，傍晚也还是热的。"快开船罢！"桨声响了。（俞平伯）

这开头，朱自清的平实之态，俞平伯的灵动之姿，各自就已显露出来。如果要作个比方，朱文像稳重的中年，而俞文则不乏少年意气。

接着朱文以四段的篇幅写"遇着了难解的纠纷"之前的秦淮河。第一段从与北京颐和园、杭州西湖、扬州瘦西湖的比较入手，写秦淮河的船。先总写，后分写；先大船，后小船。大船先写空间，再是陈设；小船就是作者所坐的，故而写得更详细一些，由栏杆而舱前，舱前又由舱顶一直写到躺椅。写完船再写灯彩、水波、桨声，然后写"我们"的感受。第二段专写秦淮河的水，先依时间顺序，由"还未断黑"到"灯火明时"，水上景致和自己所见之船之人、所闻之歌及一己之所感等等也因时而变。再按空间变化来写，由于船在走，景也在变，写得最为详细的是大中桥的桥拱和桥上的房子，连桥砖的颜色等也没落下；接着由"我想象"转入秦淮河往日的繁华，结于船泊"灯月交辉，笙歌彻夜的秦淮河"河段。第三段转以空间变化为主线，由大中桥外的这边、"那边"写到河中的灯光、画舫、笛韵、琴声，再由"我的脚曾踏过复成桥的脊"进入少年时代约有 250 字的相关回忆，以"出了大中桥"的情景收梢。第四段始于"那时河里热闹极了"，从船的疏密，写到倾听歌声琴声的感觉感想，重点是写"秦淮河确也腻人"之所在，由"人面"，而灯光，而月色，而树影，而白云，以及它们的交会交融。

这四段文字读来，大多似乎以身外的"它们、他们"为主，仿佛是一篇彩绘的记叙文、说明文。平实之外，应当加一个细密。当然不会也不可能没有"我"，但"我"之见闻、感想等好像都是紧贴着"它们、他们"而生。诚然，描写是极其生动的，如：

> 走过东关头，有一两只大船湾泊着，又有几只船向我们来着。嚣嚣的一阵歌声人语，仿佛笑我们无伴的孤舟哩。东关头转湾，河上的夜色更浓了；临水的妓楼上，时时从帘缝里射出一线一线的灯光；仿佛黑暗从酣睡里眨了一眨眼。我们默然的对着，静听那泪——泪的桨声，几乎要入睡了；朦胧里却温寻着适才的繁华的余味。

终究还是近于平实一路。

俞文在上引开头之后"遇着了难解的纠纷"之前，竟有八个自然段，比朱文多了一倍，但实际篇幅却少了 800 多字。不过，区别主要不在篇幅，而在内容；主要也不在内容，而在用笔的着力处，甚至也不在用笔的着力处，而是感兴所由生成、所由表现的因由和方式的不同。当然不是全然迥异，也有交集甚至吻合，如：

又早是夕阳西下，河上妆成一抹胭脂的薄媚。是被青溪的姊妹们所薰染的吗？还是匀得她们脸上的残脂呢？寂寂的河水，随双桨打它，终是没言语。密匝匝的绮恨逐老去的年华，已都如蜜饧似的融在流波的心窝里，连鸣咽也将嫌它多事，更哪里论到哀嘶。心头，宛转的凄怀；口内，徘徊的低唱；留在夜夜的秦淮河上。（俞平伯）

秦淮河的水是碧阴阴的；看起来厚而不腻，或者是六朝金粉所凝么？我们初上船的时候，天色还未断黑，那漾漾的柔波是这样的恬静，委婉，使我们一面有水阔天空之想，一面又憧憬着纸醉金迷之境了。等到灯火明时，阴阴的变为沉沉了：黯淡的水光，像梦一般；那偶然闪烁着的光芒，就是梦的眼睛了。我们坐在舱前，因了那隆起的顶棚，仿佛总是昂着首向前走着似的；于是飘飘然如御风而行的我们，看着那些自在的湾泊着的船，船里走马灯般的人物，便像是下界一般，迢迢的远了，又像在雾里看花，尽朦朦胧胧的。（朱自清）

"河上妆成一抹胭脂的薄媚。是被青溪的姊妹们所薰染的吗？还是匀得她们脸上的残脂呢？"和"秦淮河的水是碧阴阴的；看起来厚而不腻，或者是六朝金粉所凝么？"两者竟都用了设问的句子，不是所谓异曲同工，简直可以说是同曲同工了——但全文却再也找不出第二例了，偶然而已。诚然，两文所写都是"我"所闻见之"景物"，但朱文始终不离写客观之景，就以上引文字为例，如写"使我们一面有水阔天空之想，一面又憧憬着纸醉金迷之境了"，仍然是为了表现河水的"恬静，委婉"。接着的三句也一样，描写是生动的，语句是优美的，但落脚点是在河水的"黯淡"，景物的"朦胧"——"我"分明是在场的，但，却是一个观察者，尽管热心、细致、高明，和被观察者的界线自始至终都是清楚明白的。与朱文注视"景物"不同，俞文兴趣却在抒写"我"的情怀。"寂寂的河水，随双桨打它，终是没言语。"看起来，俞写的是河水，但"我"却已完全融入其中，所以才有"随双桨打它，终是没言语"这样奇美空灵的句子。紧接着的一个长句，当然是写河水无疑，但若看成是写"我"的心曲似也无不可，因为难分"何者为我，何者为物"；甚至看成是"我"仿佛才更为确切。下文写道："小船儿载着我们，在大船缝里挤着，挨着，抹着走。它忘了自己也是今宵河上的一星灯火。"前一句，好，但不太稀奇；后一句却简直就是神来之笔，许之以"空灵"，我想，没有人会不点头的。

特别是如下一段，恐怕会出乎多数读者的意外：

> 我们，醉不以涩味的酒，以微漾着，轻晕着的夜的风华。不是什么欣悦，不是什么慰藉，只感到一种怪陌生，怪异样的朦胧。朦胧之中似乎胎孕着一个如花的笑——这么淡，那么淡的倩笑。淡到已不可说，已不可拟，且已不可想；但我们终久是眩晕在它离合的神光之下的。我们没法使人信它是有，我们不信它是没有。勉强哲学地说，这或近于佛家的所谓"空"，既不当鲁莽说它是"无"，也不能径直说它是"有"。或者说"有"是有的，只因无可比拟形容那"有"的光景；故从表面看，与"没有"似不生分别。若定要我再说得具体些：譬如东风初劲时，直上高翔的纸鸢，牵线的那人儿自然远得很了，知她是哪一家

呢？但凭那鸢尾一缕飘绵的彩线，便容易揣知下面的人寰中，必有微红的一双素手，卷起轻绡的广袖，牢担荷小纸鸢儿的命根的。飘翔岂不是东风的力，又岂不是纸鸢的含德；但其根株却将另有所寄。请问，这和纸鸢的省悟与否有何关系？故我们不能认笑是非有，也不能认朦胧即是笑。我们定应当如此说，朦胧里胎孕着一个如花的幻笑，和朦胧又互相混融着的；因它本来是淡极了，淡极了这么一个。

上面所说的八段一共才两千多字，这一段就有四百五十字光景。占了约四分之一。若不是全引出来，也许有的读者不会相信，俞平伯竟会在秦淮河上的桨声灯影里说佛谈禅，这在朱自清的文章中是绝无可能的。当然在俞平伯是一时兴会所至，并非刻意为之。它因"……怪陌生，怪异样的朦胧"而生，其中"似乎胎孕着一个如花的笑"——于是，好像迦叶尊者飘然而至，接下来说佛谈禅不是十分自然的吗？从文章看，似乎有逸出之嫌，但这是飘逸之逸，不是累赘，而是精彩所在。

再看歌舫靠近的一段，俞平伯写道：

……穿花蝴蝶样的小艇子多到不和我们相干。货郎担式的船，曾以一瓶汽水之故而拢近来，这是真的。至于她们呢，即使偶然灯影相偎而切掠过去，也无非瞧见我们微红的脸罢了，不见得有什么别的。可是，夸口早哩！——来了，竟向我们来了！不但是近，且拢着了。船头傍着，船尾也傍着；这不但是拢着，且并着了。厮并着倒还不很要紧，且有人扑冬地跨上我们的船头了。这岂不大吃一惊！幸而来的不是姑娘们，还好。

（她们正冷冰冰地在那船头上。）来人年纪并不大，神气倒怪狡猾，把一扣破烂的手折，摊在我们眼前，让细瞧那些戏目，好好儿点个唱。他说："先生，这是小意思。"

下面是朱自清的：

这时却遇着了难解的纠纷。秦淮河上原有一种歌妓，是以歌为业的。从前都在茶舫上，唱些大曲之类。每日午后一时起；什么时候止，却忘记了。晚上照样也有一回。也在黄晕的灯光里。我从前过南京时，曾随着朋友去听过两次。因为茶舫里的人脸太多了，觉得不大适意，终于听不出所以然。前年听说歌妓被取缔了，不知怎的，颇涉想了几次——却想不出什么。这次到南京，先到茶舫上去看看，觉得颇是寂寥，令我无端的怅怅了。不料她们却仍在秦淮河里挣扎着，不料她们竟会纠缠到我们，我于是很张皇了。她们也乘着"七板子"，她们总是坐在舱前的。舱前点着石油汽灯，光亮眩人眼目：坐在下面的，自然是纤毫毕见了——引诱客人们的力量，也便在此了。舱里躲着乐工等人，映着汽灯的余辉蠕动着；他们是永远不被注意的。每船的歌妓大约都是二人；天色一黑，她们的船就在大中桥外往来不息的兜生意。无论行着的船，泊着的船，都要来兜揽的。这都是我后来推想出来的。**那晚不知怎样，忽然轮着我们的船了。我们的船好好的停着，一只歌舫划向我们来的；渐渐和我们的船并着了。铄铄的灯光逼得我们皱起了眉头；我们的风尘色全给它托出来了，这使我踞蹐不安了。那时一个伙计跨过船来，拿着摊开的歌折，就近塞向我的手里，说，"点几出吧"！**

朱文真正和俞文相对应的，是文中加黑的部分。两者仍旧是平实与灵动的对比，"来了，竟向我们来了"与"忽然轮着我们的船了"的差异，应当说是合适的注脚。俞文把朱所说的"一只歌舫划向我们来的；渐渐和我们的船并着了"，由"不但"而"且"而"也"，又"不但"而"且"，"倒还不是很要紧"而"且"，终于"这岂不大吃一惊！"推向高峰，忽又"幸而……还好"，再以圆括弧补充说明"她们"之所在，笔触活泼跳脱，曲折有致，正是灵动或空灵的典型样本。

写景状物，"平实"，可能是恰当的选择。而要传达变幻莫测的心境，"灵动"或许是更为合适的。两篇读下来，我的感受是朱自清在写"我"眼中的秦淮河，而俞平伯是在写在秦淮河泛舟的"我"，同一题目，风格两样。

《茵梦湖》：柔婉的经典之作

提　要

　　柔婉，作为文学语言的一种品格，一种情调，与刚健相对应。语言具有"内容性"（汪曾祺），语言的柔婉不可能离开其内容的柔婉，而内容的柔婉，又往往源自作家心中的柔婉之情。本文以《茵梦湖》为例，试图说明柔婉毕竟是作者的语言酿造出来的，如酒，糯米是语言的积累、组合，酒曲是作者心里那点柔情，两者相辅相成，缺一不可。柔婉的语言往往兼有含蓄的品格，而刚健则常与直率相连。

母爱，童心，往往是柔婉的；月亮，水波，往往是柔婉的；"老吾老以及人之老，幼吾幼以及人之幼"的恻隐之心，出自人心中最柔软的部位，当然也是柔婉的。柔婉，也是文学语言的一种品格，一种情调，与刚健相对应。正如汪曾祺曾经指出的，语言具有"内容性"，语言的柔婉不可能离开其内容的柔婉，而内容的柔婉，又往往源自作家心中的柔婉之情。

我们所要讨论的是人心中柔婉之情之境和笔下的柔婉之语的关系。我想，应该是情、境在前，其语在后。苏东坡的《记承天寺夜游》中写景的部分，当是柔婉之语。从"记"字透露的消息看，当是先有"承天寺夜游"，记才有对象，绝非先有"记……"，然后再邀张怀明去游。由此推断，"庭下如积水空明，水中藻荇交横，盖竹柏影也"等必在下笔之前就已有所见所感。此境似乎是此情的发现，或说此情系因此境而触发——但也未必，因为此境往往要依靠语言的不断求索才能明朗，因而也有可能是下笔时回忆所得，更有可能是下笔时沉吟、推敲的果实。——我未能确知。巴金的《月》，第一段只有一句："每次对着长空的一轮皓月，我会想：在这时候某某人也在凭栏望月吗？"从"每次"看，属于追记。第二段的两句就不一定了："圆月犹如一面明镜，高悬在蓝空。我们的面影都该留在镜里吧，这镜里一定有某某人的影子。"也许就是边写边想所得，首段结以"吗"，表疑问，尚较客观；第二段第一句"犹如"，其意其语，几乎人人耳熟能详，但第二句的"都该"，特别是"一定"，"我"就闪亮登场了，与此同时，柔婉也如影随形紧跟着亮相了。我们还必须注意到的是，文章末段末句恰与此遥（相对而言）相呼应，必是出于作者刻意安排。因之，我们可以发现：愈主观的语句，愈柔婉。这难道又是巧合吗？我不信！这似乎意味着，柔婉有赖于作者的语言，质言之，柔婉是作者的语言所酿造出来的，这"酿造"是一定要有材料的，如酒，糯米是语言的积累，酒曲是作者心里那点柔情。糯米与酒曲，缺一不可。两者的关系应是相辅相成的吧！——究竟如何，就留给作家、诗人、学者去判断吧！我只能就司笃姆的《茵梦湖》说点肤浅的心得。

《茵梦湖》是 19 世纪德国著名作家、诗人司笃姆的名篇，曾先后在许多国家出过译本，一直流传至今，始终受到广大读者的喜爱。在我国就至少有三种以上的译本，得到多少读者的追捧。作为爱情悲剧，它有一个与同类作品很不相同的特点，就是其中没有轰轰烈烈、大喜大悲、要死要活的情节和场面，虽然同样痛彻肺腑、刻骨铭心，让人不胜唏嘘、难以忘怀。它就像书名所写的，不是大海，不是瀑布，不是湍流，而像一个水波不兴的平凡平静之湖，但读者却可以想见其深处的奔腾汹涌。真的，男女主人公从头到尾完全没有拥抱、亲吻等这些谈情说爱的标配，甚至也没有缠绵悱恻的连篇情话。我觉得从这个角度看，正是司笃姆心中的一腔柔情，酿造出了他笔下这一对男女的纯净、圣洁、哀婉、凄美的爱情，这是长出柔婉之花的真正土壤。而极有可能的是，这酿造的过程，也同时就是作家的语言对它淋漓尽致地进行艺术渲染的过程。

他们在小说里出现时，莱因哈特十岁出头，伊丽莎白才五六岁，青梅竹马，两小无猜，但已经在"谈婚论嫁"。一次，他给她讲故事时，由狮子讲到印度——

"……那儿景色优美，要比我们这儿美一千倍也不止；那儿根本没有冬天。你也该和我一起去，你愿意吗？"

"愿意，"伊丽莎白说，"不过，我妈妈也要一起去，还有你的妈妈。"

"不行，"莱因哈特说，"那时她们都太老了，没法跟我们一起去。"

"可我是不允许一个人出门的呀！"

"会允许你去的；那时你真的成了我的妻子，别人再也不能管你了。"

"那我妈会哭的。"

"我们还会回来的，"莱因哈特生气地说，"你干脆说吧，愿不愿意跟我一起去？要不，我一个人去。去了我再也不回来了。"

小姑娘差点儿要哭了。"你别这样生气地朝我瞪眼呀，"她说，"我真的愿意和你一起去印度。"

莱因哈特高兴得不能自已，一把抓住她的双手，拉着她跑到外面的草地上。"去印度啦！去印度啦！"……

这不就是典型的柔婉文字吗？小姑娘"差点儿要哭了"，似乎比"哭了""嚎啕大哭起来"更柔婉一点。他们是认真的，两个"真的"前呼后应，和后面的"一把……"恰到好处地酿造出了柔婉的情调。

而对此贡献最大的还是一些细节的描写。既然说到了手，我们就来看看相关的部分吧。在莱因哈特到外地深造前，亲友们举办了最后一次郊游。为了找到草莓，他们迷路了——

莱因哈特用手圈在嘴边，高声喊道："快来这儿呀！"——"这儿呀！"好像有人在回应。

"他们回话了！"伊丽莎白拍着手说。

"不，没人回话，那只是回声。"

伊丽莎白抓住莱因哈特的手。"我有点儿怕！"她说。

这次她抓住他的手，是在恐惧中的自然反应，似乎和他们的感情无关。下一次可就不一样了：

复活节来临时，莱因哈特启程回乡。到家后，早上他就去伊丽莎白那儿。"你长高了！"当漂亮而苗条的姑娘含笑朝他跑来时，他说道。姑娘的脸刷地一下红了，但没说什么。他刚握住她的手，准备向她问好时，她想轻轻把手抽回去。他纳闷地望着她，过去她可从来不是这样的，仿佛他俩之间产生了一种陌生感。

不过，也不总是这样。一次他发现她养的那只黄鸟是她的另一个男友（后来成了她的丈夫）送的——

"伊丽莎白，"他说，"我讨厌这只黄鸟。"
她惊异地望着他，她不明白他说的是什么意思。"你这人真有点怪。"她说。
他握住她的双手，她尽管让他握着。

这是他们之间的爱情由不自觉而开始自觉的扑朔迷离阶段，作者的描写非常富有分寸。前一次，"抽回去"的动作，是"轻轻"的，而且连这也只是"想"而已。后一次，她之所以"尽管让他握着"，是由于她发现他的不悦，似乎不忍再拂其意。由此，我想到，柔婉和描写的细腻很可能是有某种关联的；当然和所写的对象——他们之间感情的含蓄也难分开；试想，如果感情由此像烈火干柴一样燃烧起来，谓之柔婉，可能就不确切。

"……昨天晚上，你走了以后，我和妈妈还谈了你很久。她说，你不如以前那样好了。"

莱因哈特沉默了片刻，然后握住她的手，严肃地注视着她那带着孩子气的眼睛，说："我还像以前一样好，这一点，你一定要坚信！你相信吗，伊丽莎白？""是的。"她说。他松开她的手，加快步子，同她走过最后一条街。

分别的时刻越来越近，他的脸色也越来越开朗。他走得太快，她几乎跟不上。

他们是在用心恋爱，不管是前面"握住她的手"，还是后面"松开她的手"，都是他心声的自然传递而已，没有别的。

在他永远离开茵梦湖前的晚宴上——

天色变得更暗了。只有一抹绯红的夕阳的余晖洒落在湖对岸的树梢上。莱因哈特展开那页纸，伊丽莎白用手压住纸的一头，两眼看着纸上。莱因哈特开始念道：

阿娘严命不可违，强我另嫁别家郎；我有所欢情难舍，与他分袂我心伤；没奈何，欲断肠。

我曾苦诉心中怨，怨娘为我造孽障。我本矢志心无二，铸成大错谁相谅。好姻缘，复何望？

失去真情与欢乐，换来悲哀与幽怨。孽缘已结如能解，纵使乞食走荒原，苦亦甘，心无憾。

正在念的时候，莱因哈特感到纸在微微颤动。当他念完最后一句时，伊丽莎白把椅子轻轻往后一推，默默地走进花园里去了。

莱因哈特所感到的"纸在微微颤动"，实际上是伊丽莎白的手在微微颤动。这可以说是最柔婉的细节。永别的时刻终于到了——

他刚抬起头，伊丽莎白已经站在他面前。她伸出一只手，按着他的手臂，嘴唇翕动了几下，但他却听不到她在说话。

"你不会再来了，"她终于说出话来，"我知道的，你不用骗我，你永远不会再来了。"

"永远不会。"他说。她垂下那只手，再也说不出话来。他穿过走廊，到了门口，又转过身来看了一眼。她依然站在原地，一动也不动，一双毫无生气的眼睛紧盯着他。他朝前走了一步，向她伸出双臂。突然，他用力转过身去，走出了大门……

已经意识到永别在即，"她伸出一只手"实在是自然之举，而其意涵却极其丰富，有不舍，有挽留，有歉疚，甚至有悔恨，尽管可能都是不自觉的，但却柔婉至极。而他回答她的话是："永远不会"，却有意无意地突破了柔婉的门槛，于是，她只能"垂下那只手"，在这一击之下，她"再也说不出话来"。他要走了，他终于走了！一步一步，"他穿过走廊，到了门口"，这是一个临界点。如果就此所谓"义无反顾"地走了，这就不是对她多少年倾心相恋的莱因哈特，无疑是对她的无比严厉的惩罚，心未免太硬了。这是最后的告别，这是生离死别，于是他必得转过身来，看见了"一双毫无生气的眼睛紧盯着他"，不忍之心和不舍之心同时油然而生，不由自主地"向她伸出双臂"，指针又摆向柔婉一边；但就在此时，他还是"用力转过身去，走出了大门……"，请注意这里的"用力"两字，是啊，非用力不可，因为非用力不能啊，"转过身去"是必须的，但同时也是困难的！小说就要煞尾了，这里是高潮。他这一转身，映照出了他此刻波涛汹涌的心灵世界，成就了他人格的高度，也成就了柔婉的最高境界；似乎也让我们看见了今后她这一辈子的孤独、痛苦、悔恨……这个细节，也是这篇作品最大的亮点，作者如此这般写出了他千回百转柔婉后的决绝，永远震撼着读者的心灵。小说的主要情节镶嵌在莱因哈特老年某一刻的回忆里。他终生未娶，与伊丽莎白的相片为伴，从事他喜爱的学术研究。

开头有一段是写已经移居他乡并进入暮年的莱因哈特，一天傍晚散步回来——

他慢悠悠地爬上楼，推开一扇房门，走进房间。这房间不算很大，但显得舒适而宁静；有一面墙几乎让书架全遮住了，另一面墙上挂着几幅肖像画和风景画；一张书桌，桌上铺了绿台布，散乱地摊着几本翻开的书，书桌前，摆着一把笨重的扶手椅，椅子上放着红色丝绒靠垫。老人先把帽子和手杖放到房间的角落里，然后就在扶手椅上坐下来，叉着双手，像是散步走累了，想要休息一会儿。他这么坐着，天色渐渐黑了，终于，一缕月光透过窗子照进来，落在墙上的几幅画上。明亮的月光缓缓地移动，老人的目光也不由得跟着缓缓地移动，此刻正好落在普通黑色镜框里的一幅小画像上。"伊丽莎白！"老人轻声唤道；随着这声轻唤……

结尾有这样两句：

月光不再从玻璃窗上照进来，屋里暗下来；这个老人依然叉着双手坐在他的扶手椅上，凝视着房内的那个地方。渐渐地，四周的一片夜色，在他眼前化成一个宽阔幽深的大湖，那黑乎乎的湖水，一浪接一浪向前涌去，涌向低处，涌向远方，越涌越远，在远得老人目力所不及的地方，在那宽宽的叶片之间，孤零零地漂浮着一朵白色的睡莲。

柔婉至此，世上难道还有不为之动容的读者吗？不过，好的小说家有时往往都很"冷酷"，我作为一个读者就非常向往司笃姆能发慈悲之心，给他们俩安排一次见面……

我们的生活里，需要爱，像需要空气和水，虽然也难免忧伤和痛苦；我们的文学里，也像需要爱一样需要柔婉，柔婉的语言，柔婉的情意。

柔婉的语言往往兼有含蓄的品格，而刚健则常与直率相连。归有光的《项脊轩记》应该是柔婉而含蓄的典范之一。

余自束发，读书轩中，一日，大母过余曰："吾儿，久不见若影，何竟日默默在此，大类女郎也？"比去，以手阖门，自语曰："吾家读书久不效，儿之成，则可待乎！"顷之，持一象笏至，曰："此吾祖太常公宣德间执此以朝，他日汝当用之！"瞻顾遗迹，如在昨日，令人长号不自禁。

从头至尾，全是记事之言，但无言不带情感，我们几乎可以把它们比作浮在情感海面的浪花，祖母的关爱之深和期盼之切几乎要在言中洋溢而出，但作者只拍几个写实的镜头，硬是不加一句旁白，这反而更加动人，就好像小孩只是哽咽忍着不哭出来比一味嚎啕大哭更能让人为之动情。最典型的还是全文结句：

　　庭有枇杷树，吾妻死之年所手植也，今已亭亭如盖矣。

　　没有任何抒情的语句，但字字深情，一字一泪，尤其是"今已亭亭如盖矣"几欲令人为之泣下。"今"承"妻死之年"而来，"亭亭如盖"，何等美好！长成"亭亭如盖"，又是经历了多少个白天黑夜！但此处恰恰是"美好"使悲伤更加悲伤，"长成"又是累积了多少思念、缅怀、痛苦和眼泪！柔婉如此，含蓄如此，真艺术也！正如黑格尔所言："在艺术里，感性的东西是经过心灵净化了，而心灵的东西也借感性化而显现出来了。"（黑格尔：《美学》第一卷，朱光潜译，商务印书馆 2009 年版，第 49 页）

　　李密《陈情表》柔婉而不含蓄，虽然也颇动人，终落第二义矣。何以如此？我不以为一定是李密的表达艺术未到火候，而是文外的实用目的使然。他呈进此表就是为了不去朝廷为官，出于个人安全的考虑，不让当局产生任何误会，他必须把他和祖母的关系、他对祖母的深情和责任说个清楚、明白，说得透彻、到位，含蓄反而可能坏事。如果真是如有人所推测的忠于前朝才是他不愿出仕的真实原因，那他就更不能含蓄了，否则就可能招来杀身之祸。艺术和实用常常不能两全，这可以说是一个典型案例。

　　（注：除莱因哈特所吟诵的那首古老歌曲的歌词采自张友松译本，文中所引小说的文字均出自赵鑾生的译本。）

难以刚健的刚健

提　要

　　文学语言的风格，如果说柔婉属于阴柔的范畴，那么刚健就是阳刚的典型样态；与之对立的是绮靡、柔弱、繁冗、淫丽等，而往往与质朴、豪放等相联系。有的作品，如雨果的《悼念乔治·桑》，坚定地指出，"她辞世了，思想却活着"！——原来以为熄灭的东西不但没有熄灭，反而"越发光芒四射"，因此既没必要也没时间"凄凄惨惨戚戚"，这就是雨果悼词语言"刚健"的力量源泉。文学语言不同风格的形成，其实是作家的感觉、心理、意识在语言中的综合表现。

文学语言的风格，与柔婉相对应的是刚健。刚健和豪放、雄浑、苍劲、慷慨、俊爽、挺拔、激越等近似，和质朴、明朗等也有交集。它和柔婉是对应，而非对立，与之对立的是绮靡、柔弱、繁冗、淫丽等。如果说柔婉属于阴柔的范畴，那么刚健就是阳刚的典型样态。关于阴柔与阳刚这两种风格大类，姚鼐在《复鲁絜非书》中有一段大家耳熟能详的描述：

> 其得于阳与刚之美者，刚其文如霆，如电，如长风之山谷，如崇山峻崖，如决大川，如奔骐骥；其光也，如杲日，如火，如金镠铁；其于人也，如凭高视远，如君而朝万众，如鼓万勇士而战之。其得于阴与柔之美者，则其文如升初日，如清风，如云，如霞，如烟，如幽林曲涧，如沦，如漾，如珠玉之辉，如鸿鹄之鸣而入寥廓；其于人也，漻乎其如叹，邈乎其如有思，暖乎其如喜，愀乎其如悲。

统观姚鼐全文，也许是他感到难于对"阳刚""阴柔"这两个至关重要的术语的内涵从正面作出说明，才退而求其次运用比喻一法，虽然不是十分严密——如"升初日"明明是阳刚的表征，与"月方落"对应，起码是不很阴柔甚至很不阴柔，但这段话从总体上说却能使读者对阳刚与阴柔有所意会与感悟。他既已比喻在前，我只能举例于后。限于篇幅，就举短诗吧。《弹歌》："断竹，续竹，飞土，逐肉"，可以说是最早的短诗的质朴范本，刚健佳作。曹操的《观沧海》当是刚健的标杆之作：

> 东临碣石，以观沧海。

水何澹澹，山岛竦峙。

树木丛生，百草丰茂。

秋风萧瑟，洪波踊起。

日月之行，若出其中；

星汉灿烂，若出其里。

幸甚至哉，歌以咏志！

风格刚健的优秀作品在我国文学史上所在多是，特别是在宋词"婉约""豪放"两派的对比中会有更准确的认知和更真切的感受，在此不必也不能一一例举。下面我倒是要略谈一下雨果的一篇文章，原因是，它能在难以刚健的时候刚健起来，这是真正的刚健，或者说是刚健中的刚健，给我留下了深刻的印象。它就是《悼念乔治·桑》。

第一段就是这两句："哀悼一位逝去的女性，向一位不朽的女子致敬。"哀悼一类的文章，往往自然而然地会比较低婉哀伤，如果对死者真有很深的感情，悲从中来，无从抑制；再者"哀悼"文章原为哀悼而写，似乎也无须抑制，"凄凄惨惨戚戚"，无可厚非。但雨果这篇悼文，哀痛刚一露头，就为"致敬"所平衡，而且似乎"致敬"的调子更加高亢。紧接着，二三两段是这样写的：

我以往热爱她，赞赏她，尊敬她；今天，在死亡的宁静肃穆中，我瞻仰她。

我称赞她，因为她的创造是伟大的，而且我感谢她，因为她的创造是美好的。我记忆犹新，有一天，我曾经给她写信说："我感谢您心灵如此伟大。"

第二段，"瞻仰"是面对死者，接"热爱""赞赏""尊敬"而来，更承"致敬"而申说之。至此，"致敬"已经成了主旋律。第三段进一步深化"致敬"的必要。由于她的"创造"，由于她的心灵，由于她的"伟大""美好"，"称赞""感谢"显然比"哀悼"更为适宜。雨果是一个男子汉，是一个伟人，面对她的死亡，他似乎更愿意从历史的角度，在一个更宽阔的视野里，认识她评价她，于是她肉体的死亡，以及由此带来的悲痛哀伤就不得不缓和了它带来的冲击。他仿佛在劝解沉浸在泪水中的人们：

　　难道我们失去她了吗？
　　没有。

　　一问一答，占了两个自然段，问，问到了问题的关键；答，又是何等简洁，干脆，有力，斩钉截铁，不容置疑！何为刚健？这就是！下文以"高大的形象不见了"却"发展了"，"她辞世了，思想却活着"领起，攀登新的制高点，这就是："乔治·桑在我们的时代享有独一无二的位置。其他伟人都是男人，她却是伟大的女性。"下文就此展开的论述全面而又深刻，特别是一些富含哲理性的总结，像一道闪电劈开了当时社会上一些人对她的偏见、歧视甚至是污蔑：

　　乔治·桑是善良的。因此，她受到憎恨。受人赞美有个替身，就是遭人嫉恨，热情有一个反面，就是侮辱。嫉恨和侮辱既是表明赞成，又想表明反对。后人会将嘲骂看做得到荣耀的喧闹声。凡是戴上桂冠的人都要受到抨击。这是一个规律，侮辱的卑劣要以欢呼的大小作为尺度。

朴素的真理，刚健的表达，相辅相成，永放光辉！他接着说：

> 大地像天空一样，也有隐没的时候；但是，人间像上天一样，重新显现，跟随在消失之后：一个男人或者一个女人，就像火炬一样以这种形式熄灭了，却以思想的形式重新放光。于是人们看到，原来以为熄灭的东西是无法熄灭的。这支火炬越发光芒四射：从此以后，它属于文明的一部分；它进入了人类广大的光明之中，它增加了光明；因为把假光熄灭了的神秘的气息，给真正的光提供了燃料。

这就是上文所说的制高点，"她辞世了，思想却活着"这一观点在此得到了提升。原来以为熄灭的东西就永远熄灭了，所以哀痛它的熄灭；现在终于明白，原来以为熄灭的东西不但没有熄灭，反而"越发光芒四射"，这就是雨果能够面对伟人的死亡而选择坚强的缘由，也是他的悼词语言"刚健"的力量源泉。

下面由乔治·桑说到另外两位伟人，再由他们说回乔治·桑，充分证实了"这些令人自豪的思想先驱，一切真理和一切正义都迎我们而来"。最后悼词在新的高度上重复了他的"致敬"：

> 请接受我们逝去的名人在离开我们的时候，给予我们的东西吧。让我们面向未来，平静而充满沉思，向伟人的离去给我们预示的光辉前景的到来致敬吧！

我们在忙于接受逝去的名人给予我们的东西，为面向未来而充满沉思，既没必要也没时间"凄凄惨惨戚戚"。与其说这是一篇悼词，还不如说这是一篇继续为人类文明而前进的檄文，没有哀音，响彻字里行间的是前进的鼓点！

人的感觉不可能摆脱主观性、相对性，因而必然具有个体的差异，人对语言的感知和运用在很大程度上既基于人对感知对象的感知，同时也基于对语言本身的感知，和人的意识有着千丝万缕的联系。

文学语言不同风格的形成，其实是作家的感觉、心理、意识在语言中的综合表现。"冬天的太阳"，是柔婉的还是壮丽的？这取决于作家对太阳的感知和对所要运用的语言的感知，前者是源，后者是流。面对乔治·桑的遗体，雨果的崇敬之情决定了这篇悼词语言的刚健风格。于此，乔治·桑在《冬天之美》中关于冬天的描写颇具典型性。她说她向来热爱乡村的冬天，因为"正是在乡村才能领略这个季节罕见的明朗的阳光"。冬天的阳光是"明朗"的吗？不但如此，她还进一步挑战似的说：

> 冬天惨淡的阳光——大家惯于这样描写它——一年之中最灿烂、最辉煌的。当太阳拨开云雾，当它在严冬傍晚披上闪烁发光的紫红色长袍坠落时，人们几乎无法忍受它那令人炫目的光芒。天际低矮的太阳在上面投下了绿宝石的光辉……

"最灿烂、最辉煌的""令人炫目的光芒"等等，肯定没有母本，如果要说一定有的话，那就是作家的感觉、感情。别人以为"惨淡",她却以为"灿烂、辉煌"而且还"最",她这篇刚健的《冬天之美》简直就是一篇"冬日颂"。

母爱是柔婉的,写母爱的文字也往往是柔婉的,而瓦雷里的《年轻的母亲》却是刚健的,因为他从中发现了刚健,并用语言表现了刚健,同时使语言本身也获得了刚健的品质。文不长,只有三百余字,兹抄录如下:

这个一年中最佳季节的午后象一只熟意毕露的橘子一样的丰满。

全盛的园子,光,生命,慢慢的经过它们本性的完成期。我们简直可以说一切的东西,从原始起,所作所为,无非是完成这个刹那的光辉而已。幸福象太阳一样的看得见。

年轻的母亲从她怀里小孩的面颊上闻出了她自己本质的最纯粹的气息。她拢紧他,为的要使他永远是她自己。

她抱紧她所成就的东西。她忘怀,她乐意耽溺,因为她无尽期的重新发现了自己,重新找到了自己,从轻柔的接触这个鲜嫩醉人的肌肤上。她的素手徒然捏紧她所结成的果子,她觉得全然纯洁,觉得象一个完满的处女。

她恍惚的目光抚摩树叶,花朵,以及世界的灿烂的全体。

她象一个哲人,象一个天然的贤人,找到了自己的理想,照自己所应该的那样完成了自己。

她怀疑宇宙的中心是否在她的心里,或在这颗小小的心里——这颗心正在她的臂弯里跳动,将来也要来成就一切的生命。

(《中国翻译名家自选集·卞之琳卷·紫罗兰姑娘》,中国工人出版社1995年版,第7页)

在瓦雷里的眼里，她一点也不柔弱，或柔婉。在那么美好的季节里，在那么丰满的午后，在那么幸福的园子里，一个年轻的母亲抱紧她的孩子。她并不像人们所常说的那样，她爱她的孩子，她在努力地付出，她在无私地奉献；不，不是这样的，她在孩子身上闻见了自己，发现了自己，并"要使他永远是她自己"；在孩子身上，她找到了自己的理想，完成了自己……但这只是刚健的源头，语言还有属于自己的空间："幸福象太阳一样的看得见"，也可以写成"我们可以看得见她很幸福"，或文艺腔一点，"幸福写在她的脸上"，等等，但这样就谈不上刚健了，只有"幸福象太阳一样的看得见"，才与刚健匹配，这也可能只有瓦雷里才能如此这般刚健。我们也许能够写得出"她恍惚的目光抚摩树叶，花朵"，但抚摩"世界的灿烂的全体"，却是瓦雷里的独特发现，独特创造。还有把她比成哲人、贤人，尤其是"天然"一词特别传神。宇宙的中心是在她心里吗？她"怀疑"，准确，因为过犹不及；紧接"或在这颗小小的心里"，既呼应了上文"他永远是她自己"，又把它进一步给形象化了。全文结句，瓦雷里代这位年轻的母亲说出了她的期盼，也是上文"找到了自己的理想，照自己所应该的那样完成了自己"的感人的变奏。到此，源和流已经融为一体，难解难分。诗人创造了伟大的母亲，同时也就把刚健的语言艺术发挥到了极致。

韩愈《答李翊书》把"气"比成水，把"言"比成水上的浮物，说"气之与言犹是也，气盛，则言之短长与声之高下者皆宜"。我们可以把气理解成写作者的思想情感，它在表达欲望的推动下，激活了库存的语词句式并加以重新组合，从而实现表达目的。气，因人而异，各人又因时因地因场合因事情因对象之异而异；其言若与其气相宜，则其言必与他人相异，也与其人因它事而生成之言相异。即使同是悼词，也必因所悼对象之不同而不同。雨果在巴尔扎克下葬时也发表过悼词，对巴尔扎克也作出了全面而准确的评价。他对巴尔扎克的评价完全不同于对乔治·桑的评价，例如他说"他的全部书仅仅形成了一本书，一本有生命、有亮光的、深刻的书"，"这部庞大而又奇特的作品的作者，就在自己不知道的时候，加入了革命作家的强大的行列"，等等；尽管语言风格同样都是"刚健"。就文学语言而言，不同的作品，即使是同一作家写的，相异性是主要的，起主导作用的，这根源于"气"之相异。但如果我们到网上去找一找悼词的写法和样本，无论是"气"还是"言"，几乎千篇一律，这就和文学语言相去十万八千里了。但不幸的是，我们不少人的感觉、感情被千篇一律的范本给钝化了，写出的东西既没有刚健，也没有柔婉；既没有平实，也没有空灵，最根本的是"我"没有了。法国作家安德烈·纪德在《创作日记》中指出：

> 他们自以为确有感受，实际上不过是移花接木，而毫不考虑这些感情是否确实存在。人们自以为感受爱情、欲望、厌恶、妒忌，但事实上不过将人类通常的模式当榜样生活，而这种模式当我们还是孩子的时候就灌输给我们了。感觉和思想是多少任意的结合，我们给它们取的名称赋予它们一种确有其实的外表。……这些人常常毫无主见，最容易为人左右；他们出于懦弱或者懒惰，最易于接受那些俗套的感情，并且用现成的句子表达出来，而不必费神去寻找其他更为确切的句子。他们的感情钻进那些现成的句子，好歹适应这个借来的贝壳的形式。（毛信德、朱隽编：《诺贝尔文学奖获奖作家随笔精品》，百花洲

文艺出版社 2011 年版，第 87—88 页）

这似乎也多多少少道出了我们语文教育的弊病，而真正有效的对症良药就是优秀的文学语言，以其言养我之气，以其气启我之言。

"看蒙娜丽莎看"

提　要

　　文学文本的价值来自读者的阅读、理解、欣赏，只有在读者参与的过程之中，文本才变成了作品。从这个意义上说，读者和作者都是作品的创造者。但在实际的阅读实践中，不少读者往往会受到伽达默尔所指出的"封闭的、不可穿透的、遗留下来的前见"的影响甚至控制，变成了"前见"的奴隶。因而阅读文学作品、欣赏文学语言，应当学会发现问题，勇于质疑，坚持独立思考。为此必须在长期阅读与思考的过程中努力培养对文学的兴趣、敏感和敬畏之心。

严格地说，文学作品与文学文本是两个不同的概念，文学文本虽然出自作家诗人笔下，倘若没有读者理会，它就没有任何价值；它的价值来自读者的阅读、理解、欣赏，就在读者参与的过程之中，文本变成了作品。从这个意义上说，读者和作者都是作品的创造者。不独文学作品如此，其他艺术也一样。《蒙娜丽莎》当然是达·芬奇画出来的，这一点毫无疑问；但同样毫无疑问的是，《蒙娜丽莎》真正的生命是由无数的鉴赏者所赋予的。《蒙娜丽莎》的真迹只有一幅，而它的鉴赏者却有无数，也就是说，每一位鉴赏者心目中的蒙娜丽莎并不完全一样，"远近高低各不同"嘛，而且不单单是欣赏的角度，欣赏者不同的人生阅历、思想情感、艺术修养、美学观念等等都会在欣赏的过程中发挥作用，从而在各自的心目里映现出不同的蒙娜丽莎。在参与创造蒙娜丽莎的广大读者群中，就我所知，熊秉明是作出了最大贡献的人之一。他在《看蒙娜丽莎看》这篇不朽的杰作中说："面对一幅画，我们说'看画'。"

这是我们和画的关系。我们处于一种安全而优越的地位，享受着观赏之全体的愉快、骄傲和踌躇满志。

然而走到蒙娜丽莎之前，情形有些不同了。我们的静观受到意外的干扰。画中的主题并不是安安稳稳地在那里"被看"、"被欣赏"、"被品鉴"。相反，她也在"看"，在凝眸谛视、在探测。侧了头，从眼角上射过来的目光，比我们的更专注、更锋锐、更持久、更具密度、更蕴深意。她争取着主体的地位，她简直要把我们看成一幅画、一幅静物，任她的眼光去分析、去解剖，而且评价。她简直动摇了我们作为"欣赏者"的存在的权利和自信。

30 多年前，我在一间小小的报刊阅览室里，发现了这篇文章，并且一口气读完了它，兴奋之情，无以言表，抬起头来发现窗外的阳光似乎也变得特别灿烂。它改变我的不单单是我对这幅画的看法，而且还关乎我对自然、世界、人等等的认知、感受，其中又特别是对文学作品的理解。本来，明明是我在看蒙娜丽莎；现在熊秉明让我睁开了新的眼睛，发现蒙娜丽莎确确实实也在看我。文本还是原来的文本，作品却是全新的了。这对我来说，无疑是一场革命。

　　当时我正在读李白，也忽发狂想，要从中读出一点新的东西来。努力再三，谈何容易！但也不是全无收获，这就是，我发现了李白和杜甫的一个差异：李白写月亮的诗篇较之杜甫多了不少，而杜甫写太阳的作品较之李白多了不少，而且在李白写到太阳的诗作里有讥刺的内容，杜甫则一篇也无，全是所谓正面形象。于是我写了《李白的月亮情结》一文的草稿，提出并试图回答李白为何对月亮情有独钟这一问题。记得我的思考线索是：李白信奉道教，而道教又和月亮具有特殊的关系。文章写得很长，但自觉有力的证据少、猜想的成分多，几乎没有什么说服力，也就搁在一边了。这次想把这篇文稿找出来再看看，但怎么也找不到了。也罢，我想，一定会有人注意及此并认真解决的。我在这里提及此事，是为了说明由看蒙娜丽莎而发现蒙娜丽莎在看，人人都有参与的必要和作出贡献的可能。

　　伽达默尔指出："对于研究者来说，在科学中具有决定意义的就是发现问题。但发现问题则意味着能够打破一直统治我们整个思考和认识的封闭的、不可穿透的、遗留下来的前见。具有这种打破能力，并以这种方式发现新问题，使新回答成为可能，这些就是研究者的任务。"（《诠释学 II：真理与方法》，洪汉鼎译，商务印书馆 2013 年版，第 65 页）经典的阅读接受史上，"前见"之功不能也不应被抹杀，"前见"在出现的当时，很可能就是新见，它的存在具有历史的合理性；更何况，后来出现的新见未必就是对前见的否定，有的完全可以和新见并存。而我们在这里所要着重讨论的是，新见到底是怎么炼成的。正在我思考这个问题的时候，朋友把发表于 2017 年 9 月 13 日《中华读书报》范子烨先生的《五柳先生是谁？》介绍给了我。真的是雪中送炭啊！这是我近些年来所读到的最好的古代文学论文之一，一读之下，似乎又有了当年读熊秉明文章的感觉。他研究的结论是："陶渊明的《五柳先生传》不是自传，而是汉代著名学者和作家扬雄的传记，该传的传主是扬雄，而不是陶渊明。"他看出了这位"蒙娜丽莎"原来不是陶渊明，而是扬雄！真可谓是石破天惊！可以说是打开了陶渊明接受史上崭新的一页！对此结论，我信服；对论文作者，我佩服！

在这里，我完全没有必要来介绍这篇长达一万五千字的论文内容，我只是想把它作为一个相当典型的案例来考察"新见"到底是怎么来的，以为我们如何阅读文学作品、欣赏文学语言提供一个参考。首先，就是一种在长期的阅读、思考中所形成的对文学、对学术的兴趣与敏感。文章开头写道：

> 多年前，一位中学生曾经问我：为什么"不慕荣利"、"忘怀得失"的陶渊明会为自己作传，并且借古代一位贤妻之口赞美自己？《归园田居》其五说"方宅十余亩，草屋八九间"，《五柳先生传》却说"环堵萧然，不蔽风日"，这两种自述是否有矛盾？

下文接着说:"我在语塞的同时,也陷入了深深的思考。"由此我们完全可以断定作者的相关研究确实发轫于这位中学生的问题。当然应该感谢这位中学生,但由此一问而引起"深深的思考"的是论文作者,是基于作者学养的学术敏感、文学兴趣。有的问题的发现完全起于自身的努力,有的则由于旁人的启发,更有的是启而不发。戴震少时就傅读书:

> ……授《大学章句》,至"右经一章"以下,问塾师:"此何以知为孔子之言而曾子述之?又何以知为曾子之意而门人记之?"师应之曰:"此朱文公所说。"即问:"朱文公何时人?"曰:"宋朝人。""孔子、曾子何时人?"曰:"周朝人。""周朝、宋朝相去几何时矣?"曰:"几二千年矣。""然则朱文公何以知然?"师无以应。曰:"此非常儿也。"

这位老师虽然欣赏戴震的聪明,但由于自己缺乏对学术的兴趣,本来可以循此有所发明的,却遗憾地失之交臂了。等而下之的是有的老师还会斥责这样的学生狂妄。对学术、文学的敬畏、兴趣、敏感是"发现问题"从而解决问题的根本动力。文中提到:"有趣的是,1928年胡适游庐山,在探访陶渊明故里的途中阅读《庐山志》,他看到宋人周必大《庐山后录》中有一首前人的题诗:'五字高吟酒一瓢,庐山千古想风标。至今门外青青柳,不为东风肯折腰。'(清厉鹗《宋诗纪事》卷九十六题作《陶公醉石》)于是适之先生在《庐山游记》中写道:'我读此诗,忽起一感想:陶渊明不肯折腰,为什么却爱那最会折腰的柳树?'"这就是一种典型的学术敏感。范先生说"本文的构思,始于2004年3月",距今已14年多了。他的执着精神值得我们佩服和学习。倘若没有这种敬畏、兴趣和敏感，是很难坚持这么多年的；再说即使勉强坚持下来，也会感到苦不堪言，最主要的是，就算能够坚持更长的时间，也有可能一无所获。无数科学家、大学者的经历有力地证明了"敬畏""兴趣""敏感"的无比重要。

同时，对"前见"勇于质疑的精神也是不可或缺的，戴震的老师之所以断言"此非常儿也"，就是依凭这一点。朱熹，何许人也，在当时是差不多要和孔夫子并肩的圣贤，一个十岁儿童敢于和他说道理、辨是非，确实了不起。范文告诉我们，《五柳先生传》是陶渊明托名五柳先生写的自传，学校课本如是说，"近一百年来出版的所有《中国文学史》，大致也作如此说"。而宇文所安更是盛赞《五柳先生传》为"第一篇伟大的自传"，这"代表了西方学术界对这篇作品的基本认识"。纵向看，从南北朝直到当代，"多数人对此并无异议"。我认为，这种对"前见"的质疑精神多半基于上面所说的敬畏、兴趣、敏感，看上去有点"呆"有点"傻"，其实研究学术、文学是要有点这种痴迷的。

其次，在求证过程中，一定要有过细的认真态度。像我就很容易满足于"自况"和"自传"的差不多，从而拜倒在提出前见的权威脚下。邵明珍和范子烨等先生却认真地辨析了两者的不同，因而为自己打开了质疑的大门。他们还注意到《南史·陶潜传》"少有高趣，宅边有五柳树，故尝著《五柳先生传》"一句中的"少"字，也为证明《五柳先生传》非自传提出了令人信服的旁证。又如，由于过细的态度，范先生和其他几位学者发现了《五柳先生传》"几乎是字字有来历，语语有根源"，而其来历、根源就是《汉书·扬雄传》以及扬雄自己的著作，从而进一步证实了"以陶公之为人风范，绝不会充当一个顾盼自雄的传主""不会在'自传'中大量袭用前人的语言"这一点，为他最后的结论提供了极为有力的支撑。

再就是博学，范文所引用或提及的书目当近百种，至于他参考过的那就一定数倍甚至数十倍于此了。文中还运用音韵学、训诂学的知识指出了"五柳先生"的名号与扬雄的密切关系，可谓锦上添花，增强了论文的说服力。新见往往基于博学，这已是人们的常识，就不多啰嗦了。

上面伽达默尔的引文说的是"研究者"，而本文探讨的对象却是文学作品、文学语言的阅读者，要求固然不必像研究者那么高，但所说也确实是我们的努力方向；再说，研究者和阅读者之间，特别是研究和阅读之间并无一条泾渭分明的鸿沟，也许正是由于某次的阅读成就了你在某一方面的发现也未可知。上文提到，连小学生、中学生都有这种可能，我们又何必自外于创造者的行列呢？蒙娜丽莎本来就在看，她明明就在看，发现蒙娜丽莎的看，事后想想实在并不是我们常人所一定不可能的，我们不应妄自菲薄。陶渊明的另一传世名作《桃花源诗并记》里也明明已经写到"春蚕收长丝，秋熟靡王税"，离王安石"虽有父子无君臣"（《桃源行》）的新见其实也只有一步之遥。有时面对文学语言，特别是诗歌语言多问几个为什么，也许就能找到新的发现之路。

王维《送元二使安西》：

> 渭城朝雨浥轻尘，客舍青青柳色新。
> 劝君更尽一杯酒，西出阳关无故人。

此诗历来被推为唐诗压卷之作中的一首，注释、解读者众多。"君"何指？"封闭的、不可穿透的、遗留下来的前见"就告诉我们当然是被送的元二。我查阅了近30种选本，也一致认为"君"乃被送的出门远行者，其中包括多位著名古今权威的见解。虽说一千个读者就有一千个哈姆雷特，但这里似乎只有一个；于是这一解释也几乎就成了常识。但为什么就一定是元二呢？为什么就不可能是诗人自己呢？为什么此诗几乎是从头直通到尾的呢？为什么起承转合的转在这首诗里表现得那么不充分呢？思考这些问题，当然也可能一无所获，但起码也不会失去什么。顾随就不随"前见"，就此发表了他与众不同的看法："末二句够味。沈归愚（即沈德潜）以为乃王劝其友人语，余以为乃其友人语，二者相较，此意为恰。"（顾随著，叶嘉莹笔记，顾之京、高献红整理：《中国古典诗词感发》，北京大学出版社2012年版，第52页）初读，不禁为之一错愕，细味之，有豁然开朗之感，确实觉得"此意为恰"，而且更为有味："我"深感诗人送别之情真挚深厚，不忍之心油然而生，原来都是诗人劝"我"喝了一杯又一杯，于是现在反过来"劝君更尽一杯酒"，恳切盼望诗人多多珍重，出了阳关之后就再也没有像你这样的故人了。原说只考虑到诗人一面，新见则不但看到了诗人一面，也顾及被送者一面，特别是两者的关系。——新见太有道理了，经他指点，我们又一次发现了蒙娜丽莎确实在看我们。

这里还必须提醒一下的是，我们一定要注意及时清理脑子里的一些陈腐观念，如认为古代诗人山水题材的作品必定是基于爱国主义而歌颂祖国大好河山的，因而就轻易判定李白的《蜀道难》也是这样的作品，在诗中许多描写蜀道险恶的诗句面前，硬是做了个睁眼瞎。又如读到当代诗人写现实生活的，往往就会立刻判定它的基调一定是乐观主义、理想主义，如海子的《面朝大海，春暖花开》，其实诗人写了这首诗没过多少天就自杀了，而其情感苗头在这首诗里已有相当明显的表露，只是我们脑子里的陈腐观念遮蔽了我们的眼睛。此类陈腐观念实在是我们理解文学语言、欣赏文学作品的障碍，更是发现问题、形成新见的大敌。

我年轻时关于李白月亮情结的探究，虽无所成，但它却让我读了一些相关的书籍，思考了一些相关的问题，不但没有丝毫的悔意，反而觉得收获不少，还留下了美好的回忆呢。

本色与变形
——漫话文学语言的基本形态

提　要

传统的现实主义曾经宣称它是按照生活本来的面目反映生活，但现实主义者之所见，实际上并不就是唯一的"生活本来的面目"，起码生活本身极有可能并不如他们笔下所写的那样条理井然、因果明晰，生活本身极其纷繁复杂，人的心理世界充满谜团。时间在前进，世界、社会、人，特别是人对自身、对世界、对人与世界关系的感受、认识、理解、态度也都在发生巨大而深刻的变化。文学语言所谓的"本色"和"变形"就是一对动态概念，"本色"实际上可能是"变形"，而荒诞、魔幻也许才是真正的"本色"。

《安娜·卡列尼娜》的开头本来是：

> 奥勃朗斯基家里全乱了套。妻子得知丈夫和过去的法国女家庭教师有染，就对丈夫声称，不可能和他同住在一个家里。这种局面僵持到第三天，夫妻双方及全体家人都有痛切感受。大家觉得住在一起实在无聊，随便哪家客店里偶然相逢的人也会比他们，奥勃朗斯基家的人关系更好些。妻子不出房门，丈夫三日不归。孩子们满屋乱跑，无人照料……

我们看着看着，往往不知不觉就会忘记了自己是在看小说，忘记了是在与语言文字打交道，仿佛我们所看见的直接就是"生活"本身，这里的语言似乎只是把生活呈现给我们，和我们的日常生活语言一样，好像具有透明性。我们再来看马尔克斯《百年孤独》的开头：

> 多年以后，奥雷连诺上校站在行刑队面前，准会想起父亲带他去参观冰块的那个遥远的下午。当时，马孔多是个二十户人家的村庄，一座座土房都盖在河岸上，河水清澈，沿着遍布石头的河床流去……

和看《安娜·卡列尼娜》不一样，我初读时就有晕眩之感，它所描写的一切，好像隔着一块毛玻璃，不清晰，欠透明，是写实，还是回忆或想象？例如"当时"是哪个时段，我就琢磨了好一会儿。

真是雾里看花，我甚至还感到有点神秘。福克纳的《喧哗与骚动》的开头是：

> 透过栅栏，穿过攀绕的花枝的空档，我看见他们在打球。他们朝插着小旗的地方走过来，我顺着栅栏朝前走。勒斯特在那棵开花的树旁草地里找东西。他们把小旗拔出来，打球了。接着他们又把小旗插回去，来到高地上，这人打了一下，另外那人也打了一下。他们接着朝前走，我也顺着栅栏朝前走。勒斯特离开了那棵开花的树，我们沿着栅栏一起走，这时候他们站住了，我们也站住了。我透过栅栏张望，勒斯特在草丛里找东西……

我自觉它写点什么还是看得明白的，但不明白它为什么要写这些，尤其是它为什么要这么写，细碎，啰嗦，不连贯，不顺畅。

我年轻时坚信托尔斯泰、巴尔扎克就是以生活的本来面目反映生活的典范，他们的语言呈现出了真实生活的本身。后来接触到了现代派的作品，颇不习惯，特别是它们的语言。但恰恰是这些作品动摇了我对所谓"生活的本来面目"的定见。是的，托尔斯泰、巴尔扎克是在这样努力着，并取得了伟大的成就，但他们之所见，并不就是唯一的"生活的本来面目"，起码生活本身极有可能并不如他们笔下所写的那样条理井然、因果明晰，生活本身真的是太纷繁复杂了，人的心理世界确实充满谜团。时间在前进，世界、社会、人，特别是人对自身、对世界、对人与世界关系的感受、认识、理解、态度也都在发展变化，而且发展是快速的，变化是深刻的，这些发展变化几乎也都不可逆转。现代派崛起于现代，它本身也很复杂多元，也在不断发展变化。由于生活本身有荒诞魔幻，有时作家笔下的荒诞魔幻未必就不是生活的本来面目，甚至往往比以前的现实主义所描写的更接近于生活的本来面目，其语言也许才是真正的透明玻璃，而原本的现实主义才更像毛玻璃。当然，现代派并不只有一种"玻璃"，像我们说起过的卡夫卡的《变形记》，在我看来，就不存在"语言"看不明白的问题，我初读时惊异于它所写的内容——一个人怎么就变成了小甲虫；而不是它的语言，它的语言并没有什么不透明之处。而这种最初的惊异，立刻变成了惊叹，惊叹于它对人的困境的深刻洞察；继而还觉得，它写的仿佛就是我，至少是包含了我；等等。"一天早晨，格里高尔·萨姆沙从不安的睡梦中醒来，发现自己躺在床上变成了一只巨大的甲虫。"说这样的语言不是透明玻璃，不是因为它是毛玻璃，而仅仅由于它是"透视"玻璃，似乎已经超越了"透明"的层次。个人的审美情趣是富于个性的，又是复杂多变的，我能欣然接受《变形记》，却没有勇气和耐心坚持阅读《尤利西斯》。

文学语言，从某种程度上说，就是人们日常生活语言的"变形"，更准确地说，是各种各样的变形。以古典诗词为例，王维的《回乡偶书（其一）》、李白的《静夜思》、杜甫的《江畔独步寻花（其六）》、崔颢的《长干行·君家何处住》等变的程度就不太大，用古人的评语来说就是"明白如话"，此"话"，即人们的日常生活语言。而杜甫的"稻香啄余鹦鹉粒，碧梧栖老凤凰枝""听猿实下三声泪，奉使虚随八月槎"，变的幅度就大一些。元好问《论诗三十首（其十二）》感叹道："诗家总爱西昆好，独恨无人作郑笺。"可能会有不少读者认为这是指出因李商隐的西昆体诗作晦涩难解而遗憾无人能够作出像"郑笺"那样权威的解读。我的理解略有不同，因为我认为无人能够对李诗作出天下人人赞同的权威解读，这不是坏事，恰恰相反，这是好事。这首先是由于它有读头，因而拥有好多的读者，也才出现好多不同的见解，某一见解虽不能完全说服别人，但也自有它存在的价值；同时，这也进一步证明了李诗之好，因为文学作品的价值存在于读者的阅读之中，不同的读者有不完全相同的理解是十分正常的，"无人作郑笺"从这一角度看其实是对李诗价值的正面肯定。元好问的这首诗是赞扬李诗之"好"，而非批评它的所谓晦涩难懂。上文所举《回乡偶书（其一）》、《静夜思》等确实是公认的经典之作，这并不是说写诗非"明白如话"不可，恰恰相反，"明白如话"仅仅是诗人的选择之一，且也未必是最佳选择，更有可能被认为是不太好甚至是不好的选择。即使是"明白如话"，于"话"也只是"如"而已，文学语言毕竟不同于人们的日常生活语言。《静夜思》等都是整齐的五言或七言，都按一定的规律押韵。日常讲话也必句子整齐和押韵的，除了"三言两拍"里的那位女性，我看古今中外再也找不出第二个人。——其实她也是被作家所创造出来的人物而已。

现代派作品有的语言可以说是极度变形，但所表现的又可以说是极度真实。贝克特的《等待戈多》，施咸荣译本的前言介绍说：

《等待戈多》写的是发生在两个黄昏的事情，但是没有什么情节可言。主人公是两个流浪汉，背景是一片荒野，路旁只有一棵枯树，两个流浪汉就在树下等待着一个名叫戈多的人。他们一面做着闻臭靴子之类的无聊动作，一面在语无伦次地梦呓。最后有一个男孩来说戈多今晚不来了，第一幕就算结束。第二幕是第一幕的重复，只是当知道戈多又不来的时候，他们就想

上吊，结果裤带一拉就断，于是只能毫无希望地等待下去。(《等待戈多》，人民文学出版社2002年版，第2页)

看这介绍，大多数人都会觉得剧本一定很有意思，我也一样，但打开一读，就如坠五里雾中，不知所云，难以卒读——为节省篇幅，就不再引用作品原文了，它的语言就两个字：荒诞！但实际上，它真正的意思就是让你在无比荒诞中感受到让你震惊的深层真实。去品味它的人物语言，就如同受到荒诞的反复折磨，结果是你真真切切地感受到了荒诞，从而发现书外的荒诞。我们对我们自己的感受力、认识力、理解力、思维力不应有过分的自信。不断开拓我们的阅读视野，阅读、品味不同创作方法、不同角度、不同观念所映照所透视的世界，对改变我们对自身能力的过分自信大有裨益。

回到前面关于透明玻璃、毛玻璃的比喻，我们来看一看传统观念认为是毛玻璃的作品，先看韩少功《鞋癖》。它的语言都不是如同《等待戈多》那样的"语无伦次"的"梦呓"，但确实已经迈出了极其重要的一步。它常常是对语言常情常理的冒犯，轻者如：

我睡不着，一次次被时钟敲打声抛弃在清醒之中。

……是夜里，是最廉价的闷罐子车，车上挤满了农民的吵闹和臭烘烘的猪。

妈妈的一只鞋已被石块扎破了，她在油灯下哀伤地自言自语："鞋呵鞋，你怎么能叫作鞋呢？这么不经事，你只应该叫作一个套子，一个袋子呵……"

似乎也是本历史，一本厚厚的《万年历》。……我不知道人们为什么去抢购它，为什么突然关心身后那么多不属于他们的日子。那些日子只是一个数码，每一页都差不多。不会有你我他，只有数码和数码和数码。……

我把一万年岁月在手中哗哗翻过去。

这些都还只是小意思。再看下面的：

此处禁止小便这条告示消灭了我十三岁那年的一切语言。

我逃避了城市真是高兴。我逃避了伯伯阿姨们机警深刻的面孔真是高兴。我逃避了向着高音喇叭一个劲激动、欢呼甚至流泪的同学们真是高兴。我逃避了每天早上争着洗马桶而每天晚上一排排晒咸鱼般在街旁卧竹床乘凉的市民真是高兴。我逃避了街头的讨价还价店里的苍蝇宾馆门前凶狠的守门人医院里刺鼻的福尔马林气味以及我家对面那扇永远没有开过的窗户真是高兴。

我毫无理由地大哭起来，似乎是为这条狗，为它义重如山的送行。我哭自己刚才竟舍不得用更多的干馒头喂它，哭自己临行前竟忘了向它告别，哭它刚才差点被一个陌生小伙子打了一棍，哭它在这遥远的边地孤独着而且尾巴短得那么难看……我的泪水和着雨水往下流。我知道这雨水都是我的泪水，隆隆雷声都是我的嚎啕。

我哭得毫不知羞耻。

现在，我不知道这条短尾巴黑狗在哪里，是否还活着？如果死了，葬在什么地方？我永远怀念着它。

如果我今后还有哭泣的话，我得说，我的所有泪水都为它而流，我的所有哭泣才成为哭泣。

以上引文，已经可以比较充分地看到作家对传统小说语言挑战的姿态。我虽不能说自己已经完全领悟了它的奥秘，但我喜欢。

加缪的《局外人》则是另外一种"挑战"的形式。初一看去，其语言风格似乎和传统小说语言相差不大，甚至和福楼拜的《包法利夫人》也相仿佛；但稍稍深入品味一下，就会发现一个重大差异，这就是作者已经从我们开头第一篇所说起过的君临一切全知全能的上帝位置上下来了，隐入小说语言的后面，只是尽量客观地还生活以本来面目。用以前的术语来说，《局外人》是以第一人称来写的，它的语言缺乏严格的逻辑性和明晰的因果链，除了临近结尾时的个别段落，大多简短、单调、冷峻，近乎枯燥，也几乎没有什么色彩（当然会有少数例外）。在字里行间我们很难发现作者的情感、态度，好像他只是给了我们一双眼睛，由此我们看到了自述者的冷漠，极度的冷漠，对外界发生的大大小小的一切令人难以相信的无所谓。兹举几个于他有重大关系的事情发生时他的反应。他得知他妈妈死了：

今天，妈妈死了。也许是在昨天，我搞不清。我收到养老院的一封电报："令堂去世。明日葬礼。特致慰唁。"它说得不清楚。也许是昨天死的。

《局外人》一开头就这样展示他"局外"的姿态。后来，他供职的公司老板想派他到巴黎——

> 他想知道我是否愿意被派往那儿去工作。这份差事可以使我生活在巴黎，每年还可以旅行旅行。"你正年轻，我觉得这样的生活你会喜欢的。"我回答说，的确如此，不过对我来说，实在是可有可无。于是，他就问我是否不大愿意改变改变生活，我回答说，人们永远也无法改变生活，什么样的生活都差不多，而我在这里的生活并不使我厌烦。

他的女友和他谈论结婚的事——

> 晚上，玛丽来找我，问我是否愿意跟她结婚。我说结不结婚都行，如果她要，我们就结。她又问我是否爱她，我像上次那样回答了她，说这个问题毫无意义，但可以肯定我并不爱她。"那你为什么要娶我？"她反问。我给她解释说这无关紧要，如果她希望结婚，那我们就结。再说，是她要跟我结婚的，我不过说了一声同意。她认为结婚是件大事，我回答说："不。"

"我不过说了一声同意"，请注意"不过"——还有比这更冷漠的吗？还有比这更无所谓的吗？无可救药的表现是，他被押解到了生死攸关的审判他的法庭上——

> 这时，我才看清我面前有一排面孔，他们都盯着我，我明白了，这些人都是陪审员，但我说不清这些面孔彼此之间有何区

别。我只是觉得自己似乎是在电车上，对面座位上有一排不认识的乘客，他们审视着新上车的人，想在他们身上发现有什么可笑之处。我马上意识到我这种联想很荒唐，因为我面前这些人不是在找可笑之处，而是在找罪行。不过，两者的区别也并不大，反正我就是这么想的。

是的，"反正"他就是这么想的！

对他的死刑判决与他的所谓犯罪事实并不匹配，也不公正；他对这场"阴谋"其实看得清清楚楚，申辩的理由、反驳的言辞几乎就在嘴边，只要张口就来——

可以说，人们好像是在把我完全撇开的情况下处理这桩案子。所有这一切都是在没有我参与的情况下进行的。我的命运由他们决定，而根本不征求我的意见。时不时，我真想打断大家的话，这样说："归根到底，究竟谁是被告？被告才是至关重要的。我本人有话要说！"但经过考虑，我又没有什么要说了。而且，我应该承认，一个人对大家感兴趣的问题，也不可能关注那么久。例如，对检察官的控词，我很快就感到厌烦了。只有其中那些与整体无关的只言片语、手势动作、滔滔不绝的议论，才使我感到惊讶，或者引起我的兴趣。

最后，庭长问他"是不是有话要说，我考虑了一下，说了声'没有'"，他对自己生死的冷漠也到了不可理喻的极点；但他却有自己似乎是非常充足"显而易见"的道理：

"这样，我就只有去死。"死得比很多人早，这是显而易见的。但是，世人都知道，活着不胜其烦，颇不值得。我不是不知道三十岁死或七十岁死，区别不大，因为不论是哪种情况，其他的男人与其他的女人就这么活着，活法几千年来都是这个样子。总而言之，没有比这更一目了然的了。反正，是我去死，不论现在也好，还是二十年以后也好。此时此刻，在我想这些事的时候，我颇感为难的倒是一想到自己还能活上二十年，这观念上的飞跃叫我不能适应。不过，在想象我二十年后会有什么想法时，我只要把它压下去就可以了，将来的事，将来该怎么办就怎么办。既然都要死，怎么去死、什么时间去死，就无关紧要了，这是显而易见的道理。

虽然这"局外人"的形象是真实可信的——这正是小说之所以获得巨大成功的主要原因，即使他是冷漠得那么不可思议，包括对自己的生死。读后，震惊之余，真正引起我思考的问题，不是人物的真实性问题，而是他这样的性格、这样的人生态度、这样的思维方式是如何形成的问题。在小说最后，他面对神父爆发了一次："这时，不知是为什么，好像我身上有什么东西爆裂开来，我扯着嗓子直嚷，我叫他不要为我祈祷，我抓住他长袍的领子，把我内心深处的喜怒哀乐猛地一股脑儿倾倒在他头上。"这也是唯一的一次。它对我思考的问题，似乎有所启发，因为他谈到了"荒诞"，这好像意味着他从局外回到局内来了一次，他说：

　　……在我所度过的整个那段荒诞生活期间，一种阴暗的气息从我未来前途的深处向我扑面而来，它穿越了尚未来到的岁月，所到之处，使人们曾经向我建议的所有一切彼此之间不再有高下优劣的差别了，未来的生活也并不比我已往的生活更真切实在。

这不由得使我想起他所成长的社会，他的荒诞仅仅因他个人绝对是完不成这样的怪胎的。

在加缪看来，"荒诞"不正是他那个时代、他那个社会的本来面目吗？

开卷有益？未必！

提　要

　　"对酒当歌，人生几何！"而短暂的人生用于读书的时间就更短暂了。就文学阅读而言，必须首先讲究书的质量，而非数量，宁可读一本精品，也不要去翻百十本不好的、不太好的、次好的甚至比较好的作品，因为真正决定你精神高度的是经典的优秀的作品。文学之于人类不可或缺，其真正的原因就在于有这些真正好的作品的存在。我们千万不能让非精品挤占了有限的读书时间。正是在这个意义上，我们说开卷有益与否，得看你所读的作品是否经典、优秀。

"开卷未必有益"这个话题，现如今已有朋友说起过；这次重读拉斯普京的《活下去，并且要记住》，原来想说点别的，但看完以后，觉得最想说的还是这个题目。上个世纪80年代，有段时间我订阅过《外国文艺》（非《外国文学》），最大的收获就是因此而读到了拉斯普京的这部长篇小说。读后的兴奋之情，至今记忆犹新。我觉得，拉斯普京就是托尔斯泰真正的继承者，于是"到处逢人说项斯"。这次我花了整整两天时间来看。两天？不过就是两天；但古今中外有多少格言、比喻形容飞速而过的时间之可贵，人生毕竟短暂，实际用于读书的时间就更短暂了，而读好书的时间又只是这"更短暂"中的一小部分而已，我们能不争取在不多的时间里尽量多读一点好书吗？就文学阅读而言，必须讲究书的质量，而非数量，宁可读一本精品，也不要去翻百十本不好的、不太好的、次好的甚至比较好的作品，因为真正决定你精神高度的是经典的优秀的作品。文学之于人类不可或缺，其真正的原因就在于有这些真正好的作品的存在。如果把经典的优秀的作品比成阳光，那些在此之外的东西顶多就是月亮而已，请想象一下，一个终生没有见过阳光的人该有多么可怜！

　　读文学书，先看看内容介绍当然没有什么不可以，但原作和作品介绍却实实在在是两码事，其价值绝不能相提并论。拉斯普京"这部长篇小说讲述了卫国战争最后一年发生在西伯利亚安加拉河畔的故事。当兵的丈夫安德烈因眷恋妻子、家庭及和平的乡村生活，在伤愈重返前线途中从医院逃回故乡，藏匿于离村子不远的荒山野岭，冒着随时都可能受到国家法律制裁的危险，与妻子纳斯焦娜频频相会，终于使多年不育的妻子怀了孕，时间一久便被村里人看出了破绽，陷入走投无路的绝境。一次，纳斯焦娜在被人跟踪的情况下，怀着羞愧和绝望的复杂情感投河自尽了，而安德烈听到风声就逃走了"。这个介绍并不算离谱，但说心里话，它确实是对不起原作的，我甚至觉得它是对原作的一种亵渎：怎么这样一部动人心魄的文学瑰宝，就变成了干瘪、平常、不伦不类的一个所谓故事了呢？我这样说当然有偏激之嫌，小说和小说情节介绍各有不同的作用，以此之要求衡量彼之效果，不是太不公平了吗？这倒也是。小说的功能是唤起读者的感情体验，而小说情节介绍只是介绍情节而已。"这是苹果。"这句话不可能让人品尝苹果的味道，吸收苹果的营养。小说的情节介绍往往吃力而难讨好。譬如安德烈从医院逃回故乡，其原因绝不像情节介绍那么简单。安德烈在战场上并不是一个怕死鬼，"最最勇敢的人为了保险一点，常常找他搭档"。他负伤住院时，有关方面曾应许他伤愈后给他十天假期回乡探亲，但伤尚未完全痊愈时却又命令他立即重返前线。可就在火车站等车时，一列一列车子几乎全都是开向后方的，他一犹豫就莫名其妙地跳了上去，从而铸成大错，种下了他自己和他一家悲剧的种子。他的犹豫确实是人性弱点的表现，但至少不像情节介绍里说的那样简单。人的情感世界往往是无比复杂的，简单的情节介绍不能唤起读者的感情体验，如同告诉你，几百年前有一个贵族家庭的小姐死了，天下大概没有因此而泪流满面的人；但《红楼梦》的读者对黛玉之死而无动于衷的人，即使有，大概也不会多。好的文学作品就是以其生动而又深刻地展露人生、人性之真的感性场景和人物内心世界让读者有所体验，从而净化自己的心灵，趋向真善美。这是小说的情节介绍所万难起到的作用。

我这次重读，实在是对自己情感世界的一次大折腾。一方面是急于打开往下看，但同时又怕打开，以至于有时打开在读，或有

"不速之客"登门，我反而会因来客的打扰而高兴，因为把我从"地狱"里救了出来。有时由于承受不住"地狱"的压力，而劝慰自己说，这些都是作家写写而已，并不是真的如此。可实际上，我们大家都知道，作家之所写，只不过是人间苦难的千万分之一而已。安德烈就由于那一犹豫而走上了不归路，而且还捎带上了他的妻子纳斯焦娜。小说展现了他们真实的处境，安德烈当然后悔了，但他怎么也不敢正面去触碰心灵深处的这个秘密。他独自一人挣扎在西伯利亚条件极其恶劣的深山老林里，和风雪斗，和野兽斗，过着非人的生活，艰难，孤独，无望，还有就是提心吊胆。他虽后悔，却也不能说没有极其强烈的委屈心理。他无法摆脱进（自首）固然是死、退又无路可走的绝境，这不就是精神"地狱"吗？他已经回不到可以重新作出选择的过去，他已经没有过去，当然也没有未来，只是苟延残喘于只有绝望与黑暗的现在。他甚至与狼为友，学会了狼嚎，以宣泄他的难以言说的痛苦。他也只得向他的妻子求援。在他们结婚的头一年里，他对她是好的，但他的父母待她却不怎么样，尤其是他的母亲，对她简直可以说是坏的，特别是以为她不能生育后；头一年过后，他自己也"吹毛求疵，粗声粗气，无缘无故就张口骂人，到后来索性学会了挥舞拳头"。但现在安德烈的黑暗世界里，她成了唯一的一线光亮。正是她，让我们体验到了一个普通平凡的俄罗斯女性人性的高贵，正如一颗星星，只有在夜空我们才能发现它，发现它迷人的光辉。下面我不得不引两段较长的引文，请原谅，我这也是无可奈何。在一次和他的长谈中，她说：

"……要是连我自己也没有，那就更好办了。那就什么也不知道，什么也看不见，什么也听不见，什么苦难也不用受了，——哎，那该多好啊，多清静啊！可是请问，我这么大个人，叫我把自己往哪里藏呢？你为什么对我说，要是没有你又怎样怎样？——这种话我连听都不想听。你还是别把我和你分开吧，别分开。"纳斯焦娜感到一阵气急，便喘了口气，然后继续说下去："让咱俩有难共当吧。既然你在外边犯了罪，那么我就是你的同犯。天大的罪名，咱俩一起来承当。要不是为了我，你也许不至于落到这个地步。你不要把罪过都揽在自己一个人身上。你在外边的时候我一直是和你在一起的，难道你没有看见我吗？你到哪儿，我也到哪儿。你呢，也是一直和我一起待在家乡的。咱俩连做梦都做到一块去了——这难道是平白无故的吗？唉，安德烈，不是平白无故的。你愿意也罢，不愿意也罢，这些年反正咱俩到哪儿都是在一起的，咱俩就是一个人，一半在家乡这儿，一半在前线那边……"

"……你落得了另一种遭遇，那都怪我事先对你告诫得不够。或者你信不过我，放不下心，就沉不住气了，或者我对你关心得不够，也许我还有别的什么不周到的地方。你别替我开脱罪过，反正我自己心里有数。再打个比方吧：假如说，我等不及你回来，一使性改嫁了，把什么都撂下，跟那个人不知跑到哪儿去了，你准会认定这都是我一个人的过错吧？"

"还会是谁的过错呢？"

"不，要是那样的话，你在这件事上也脱不了干系。怎么会跟你无关呢？那必定是你把我推上这条路的。也许还在我改嫁以前很久，咱俩就定下来要这么做了，也许连咱俩自己都忘记了是什么时候定下来的吧，反正我改嫁，必然是咱俩一起决定的，我一个人不会有那么大的胆子走这步路。天哪，我在说些什么呀！我是永远也不会走这步路的，我的意思是说，咱俩用不着分什么你我。咱俩做夫妻就是为了要一起生活。顺顺当当的时候在一起生活很轻松，就象做梦一样，整天价无忧无虑，没有什么要操心的。倒霉的时候就更应当在一起了——人们做夫妻就是为了要有个伴儿可以共患难嘛。我当初生不出孩子，你并没有把我撵走。我就是这么个模样，你也没嫌我，没有再去找更好的。请问，现在怎么可以容许我和你一刀两断呢？要是我做出这种事来，我日后一定会悔恨交加，宁愿车裂而死……"

真是"大珠小珠落玉盘"！面对这样的文字，我想，任何的说明都是多余的。纳斯焦娜这个人当然是拉斯普京创造出来的，问题是作家到底是怎样创造出来的。从文学语言的角度看，纳斯焦娜怎么会说出这样的话来？她怎么想到要说这些话？她怎么会有这样的思路，对自己，对丈夫，对他们的夫妻关系，她怎么会这样想？记得有好几位著名作家说过这样的亲身经验：在创作过程中，有时往往是笔带着他前进，似乎作家倒是被动者；或说是人物自己那样说的，似乎作家只是一个记录员而已。或许都有道理吧。但我只认这样两个死理：一是，没有作家的创造，就不可能有这个人物，人物语言归根结底也是作家创造出来的；二是，金玉般的语言是从高贵的心灵里喷涌出来的，低俗的灵魂说不出高贵的语言。纳斯焦娜这些话，我就说不出来，最多我不责怪他而是勉强劝慰他而已，可能这样说时心里自觉不自觉地还会以施恩者自居。有人说，人与人之间的差距有时可能远远超过人与兽之间的距离。纳斯焦娜的心灵，我必须仰望才见，她照出了我的浅薄、自私、平庸；但由于拉斯普京的作品，在某种程度上也强化了我向好的动力。她也是个人，第一次在山洞里丈夫和她亲热，她曾生出他是个妖精的古怪感觉。这时，"她起了一个对丈夫不忠的念头：如果这确实是一个妖精，岂不更好？这念头使她愣住了"。战争结束时，"她在一刹那间想起了安德烈，一股意想不到的恼恨涌上心头：都是因为他，因为他的缘故，她才没有权利象大伙一样为胜利而高兴"。然而，她的不忠的念头和恼恨的情绪，只是使她的形象变得更加真实，绝不只是"作家写写而已"；而且使她的高贵所发出来的光芒更加灿烂辉煌！我坚定地相信，所有像我这样的读者都有可能因她心灵的高贵而趋向高贵，比我要好得多的人则变得更加高贵。法国启蒙运动时期的思想家狄德罗在《论戏剧艺术》中指出："只有在戏院的池座里，好人和坏人的眼泪交溶在一起。在这里，坏人会对自己所犯过的罪行表示愤慨，会对自己给人造成的痛苦感到同情，会对一个正是具有他那样性格的人表示厌恶，当我们有所感的时候，不管我们愿意不愿意，这个感触总是会铭刻在我们心头的，那个坏人走出了包厢，已比较不那么倾向于作恶了，这比被一个严厉而生硬的说教者痛斥一顿要来得有效。"（狄德罗：《论戏剧艺术》，《文艺理论译丛》第一期，人民文学出版社1958年版，第150—151页）说得太好了！只是必须补充说明一点：似乎没有绝对的完全的好人和坏人，每一个人身上几乎都有好人的质素，也都有可能变坏的因子，一般不必把人分成截然不同的好坏两拨。就文学而言，经典的优秀的作品就是会对自己所犯过的过错表示悔恨，会对自己给人造成的痛苦感到同情，会对一个正是具有他那样性格的人表示厌恶的每一个人建造一个向上的阶梯。

但这有一个必需的前提，就是你能够发现并去读像《活下去，并且要记住》这样的好书。知道，也许比较容易一些，毕竟有前人的定评、师友的推荐，但关键在于去读，这就困难多了。要有书，要有时间，要有兴致，其中又难在有兴致，但这却是决定性的因素，有了兴致，一般就会有书有时间。兴致，可以培养，也可由旁人激发。"子曰：有朋自远方来，不亦乐乎！"其乐也许多半就是给你介绍好书并且愿意与你共读来了。

这本小说我之所以为它叫好，还有一个缘由就是作家的叙述语言也棒极了。离初读虽然20多年过去了，但对故事情节的记忆还相当清晰，有些描写所形成的画面似乎也在若隐若现，特别是结尾；但怎么开头却彻底忘了，怎么也想不起。这次重读，发现开头就在熠熠生辉：

> 他家历来凡是有东西生怕外人看到，总是藏在炉子边一块没有钉死的地板底下。古斯科夫老头儿清楚地记得，上一夜他用这把斧头剁过烟草后，仍把它藏回到了那里。可第二天发现斧头不见了。到处都找不到，无影无踪。米赫伊奇在澡堂里上上下下、前前后后搜索了一遍，结果发现失窃的原来还不仅是一把斧头，有人把这里当作自己家似的，竟从搁板上顺手牵羊拿走了整整一半自种烟叶。而且还贪得无厌地捞走了搁在脱衣间里的猎用旧滑雪板。这下老头儿古斯科夫可明白了：小偷是外地来的，他的斧头再也没有指望找到了……

且不说这开头就是一个天才的设计，它的语言也如同金玉。由于是老头儿"清楚地记得"，又是藏在地板底下，怎么会不见了呢？这就制造了一种传奇性，激发起读者的好奇心（这往往是不断推动我们读下去的主要动力）。由于前一句的"历来""凡是""总是"，进一步落实了把斧头藏在地板下这一事实是不可怀疑的，但就是不见了，"到处都找不到，无影无踪"，"上上下下""前前后后"不是找，而是"搜索"，失窃也确定无疑了。用我家乡的话来说，真是出鬼了！但烟叶为什么不全拿走，而是留下了"整整一半"？"有人把这里当作自己家似的"，也真的让人吓了一大跳！于是终于明白"小偷是外地来的"，总算可以暂时放下心来。不过，只是"外地来的"，而没有说是外地人，这就又埋下了伏笔。"他的斧头再也没有指望找到了"，这简直就是一句谶言，是的，一直到小说结尾也没有找回来，而且的的确确是"再也没有指望找到了"，其内涵可谓意味深长。这段叙述语言看上去极其浅白，但实际上，意蕴极其丰富。这就是好的文学语言！应当归功于原作者和中译者的共同创造！

再看临近结尾时的几句。就在她最后一次和他见面后回来的路上，"现在的遭遇就已经够她受的了。仿佛是为了要使她更加感到恐怖，村子里某个地方突然有一只狗莫名其妙地吠叫起来，接着另一只狗也附和上来"。我非常欣赏"仿佛"这一句。拉斯普京的创作方法是严格的现实主义，不可能"为了要使她更加感到恐怖"而让村子里某个地方的两只狗前呼后应地吠叫起来；但作者却想要有这种效果，只得这样做，勉强吗？当然勉强，简直就是不可信的，狗不早不迟偏偏就在这个时候叫起来，还是两只，而且相互呼应，太凑巧了吧？但加了"仿佛……"，就真实了，明说是"仿佛"就使凑巧变得自然了。如果直接写成"这时村子里突然……"，那就真的太"突然"了，甚至有作假之嫌。我们可以接受可能的偶然，却厌恶虚假的必然。

这部小说的展开可谓鬼斧神工，是那么自然而真实！任何一处描写，任何一个细节，都是恰到好处，无一点多余，也无一点不足，好像就是原生态的生活，因而会使读者忘了自己是在读书，而是在和小说里的人一起经受苦难，一起经历人生的悲欢；其实它比原生态的生活更真实、更凝练、更吸引人。这样的艺术珍品，就是拉斯普京这样的作家也是妙手偶得。当年我曾发疯似的去找他的其他作品，甚至到处托人，有一次终于找到一篇，但却大失所望，不禁怅然久之。这就让我更加珍惜《活下去，并且要记住》这样的好作品了。

这样的作品，开卷有益！

对联：二行格律诗

提　要

　　"对联"有的人称为"二行诗"；但是，我觉得一定要把对联中作为一种文学样式的"二行诗"和用于日常生活、社会交际的"对子"区别开来。"二行诗"也有别于律诗绝句中的对仗，它具有独立性，这两行就是它自己的全部。其基本特征有二：一是符合对联遣词造句的基本规范，遵守对联的基本格律；二是富于文学性，多少得有点诗意诗情诗味。二者缺一不可。其最高境界是两联一正一反，所表现之意义互相贯通，并且能够产生一新的意义。"对对子"具有很高的语文教育价值，值得引起我们的重视。

孔夫子曰："必也正名乎！"——我们所讨论的虽非为政，只是作为一种文学样式的对联，也必须首先正名。对联，名称颇多，如"楹联""楹语""楹句""对子""对句""对语""对偶""联语""联对""联句""偶句""偶联"等等。还有"二行诗"，虽然不太流行，但作为对联的名称之一，如张宏梁著《辞格新识》（南京大学出版社 2015 版，第 309 页），徐本湖、徐晶凝著《汉语对联研究》（东北师范大学出版社 2014 年版，第 1 页）都没有把它落下。江树生编著的《名人诗词选》（香港天马出版有限公司 2004 年版，第 62 页）也选了方毅自称是"二行诗"的对联："百年人物存公论，四海虚名只汗颜。"问题在于，这些对联的名称，它们之间所指并不完全一致，往往不能相互替代，相互通用，例如：诗词里的对子从来没有人叫"楹联"的，一般都说是"对仗"；"对仗"和"对偶"一样又可指一种修辞方法；然而诗词里的对仗有的也可用作"楹联"，而"对句"可和"出句"相对，以指对联的下幅；等等。对联不但名称多，内容也十分庞杂，这只要打开任何一本介绍对联知识或对联集锦一类的书，光翻目录就可略知一二。除此之外，对联作为一种特定言语形式的属性，说法也是各不一致。一本影响较大的相关著作认为："着眼于对联的文学属性，它是一种诗体；着眼于其社会功用，它属于应用文体；经过书法等艺术处理，用于装饰摆设等，它又是一个艺术的品类。"（《汉语对联研究》，第 8 页）在另一处它说得更加明白："对联除了具备诗体这一文学属性之外，从广义的文章体裁上看，它还是一种应用文。"（《汉语对联研究》，第 6 页）质言之，对联既是诗，又是应用文。我以为此说不妥。诗就是诗，不应包括非诗；

一般的应用文可以没有文学性，即使具有文学性，也不是诗，不能混为一谈。"昔我往矣，杨柳依依。今我来思，雨雪霏霏""无边落木萧萧下，不尽长江滚滚来"就是诗，而不是应用文。"春夏秋冬都如意；东南西北广进财""文明经商生意好；礼貌待客顾客多"是应用性对联，而不是诗。我的建议是，以"对联""对子"作为统称不变，但一定要把其中作为一种文学样式的"二行诗"和用于日常生活、社会交际的"对子"区别开来。这样有利于我们的认知、理解、写作、运用。这绝不意味着我们厚此薄彼，褒此贬彼。饭和酒都是我们不少人共同的基本需要，把酒和饭区分开来对待、制作、食用，是应该的，是必须的。

二行诗只有两行。这里要附带说明的是，诗词里的对仗和作为独立文体的二行格律诗大同而小异，它们之间也并无绝对的界线，再加上有的对仗被无数次单独引用，如"欲穷千里目，更上一层楼""春蚕到死丝方尽，蜡炬成灰泪始干""横眉冷对千夫指，俯首甘为孺子牛"等，就说它是二行格律诗也不错。不过"渭北春天树，江东日暮云""忽过新丰市，还归细柳营""常恐思归先剪翅，每因喂食暂开笼""洛城一别四千里，胡骑长驱五六年"这些对仗，一旦离开了它们本来生存其中的诗作，不说完全失去价值，至少折损大半。但二行格律诗就不一样了，它具有独立性，这两行就是它自己的全部，如"水清鱼读月；山静鸟谈天""天地入胸臆；文章生风雷""但得夕阳无限好；何必惆怅近黄昏""天为补贫偏与健；人因见懒误称高""清风明月本无价；近水遥山皆有情""文章真处性情见；谈笑深时风雨来"。倘若着眼于它们的大同，似乎也不必分得那么清楚，统称为"二行格律诗"也无不可。如此说来，为简洁起见，就称"二行诗"好了，又何必加"格律"二字呢？我本来也曾这样想过，但已有不是对联不讲格律的"二行诗"在，如：

二行诗

阿赫玛托娃

别人对我的赞美，就好像一撮灰烬，

而你对我的诋毁，那就是一番赞美。

（古米廖夫、阿赫玛托娃、曼德尔施塔姆：《钟摆下的歌吟：阿克梅派诗选》，杨开显译，北京十月文艺出版社 2013 年版，第 97 页）

树叶凋谢

瓦历斯·诺干

等待一生，只为

发出飞翔的声音

（奥威尼·卡露斯等：《台湾少数民族作家作品选》，作家出版社 2014 年版，第 70 页）

世　界

尼尔·赖顿

光明的世界。啊，多么可惜，

这样地充满了猴子和白痴。

（安徽大学大洋洲文学研究室编：《烟草》第二辑，安徽大学学报编辑部 1982 年版，第 326 页）

瀑 布

一帆风顺只能成为小溪

一旦遭曲折就变作滔滔瀑布

（李追深：《莫愁前路无知己》，香港正之出版社 1991 年版，
第 113 页）

以上作品有的就直接以"二行诗"作题，有的虽另有诗题，但也特别标明是"二行诗"。这就不得不给属于对联的"二行诗"加上"格律"二字以资区别。

现在我们就把二行格律诗确定为本文的讨论对象。它的基本特征有二：一是符合对联遣词造句的基本规范，遵守对联的基本格律；二是富于文学性，多少得有点诗意诗情诗味。二者缺一不可。上举汉译阿赫玛托娃的《二行诗》，从内容看，确实就是由两行组成的一首诗；但形式上与对联的要求相差甚远，以声律的最低要求衡量，无论从平水韵还是现代汉语看，上下两联的末尾"烬""美"都是仄声。一句话，和对联搭不上边。

刘勰《文心雕龙·丽辞》里讲对仗，分为四种："言对为易，事对为难，反对为优，正对为劣。"周振甫、冀勤曾解释说，言对指不用事的对仗，事对指用事的对仗，正对指事异义同的对仗，反对指理殊趣合的对仗。其实反对不但最优，实也最难。陈寅恪《与刘叔雅论国文试题书》指出：

凡上等之对子，必具正反合三阶段……对一对子，其词类声调皆不适当，则为不对，是为下等，不及格。即使词类声调皆合，而思想重复，如《燕山外史》中之"斯为美矣，岂不妙

哉"之句，旧日称为合掌对者，亦为下等，不及格。因其有正，而无反也。若词类声调皆适当，既有正，又有反，是为中等，可及格。此类对子至多，不须举例。若正及反前后二阶段之词类声调不但能相对，而且所表现之意义复能互相贯通，因得综合组织，别产生一新意义。此新意义，虽不似前之正及反二阶段之意义，显著于字句上，但确可以想象而得之，所谓言外之意是也。此类对子，既能具备第三阶段之合，即对子中最上等者。赵瓯北诗话盛称吴梅村歌行中对句之妙。其所举之例，如"南内方看起桂宫，北兵早报临瓜步"等，皆合上等对子之条件……

钱钟书也曾说："律体之有对仗，乃撮合语言，配成眷属。愈能使不类为类，愈见诗人心手之妙。譬如秦晋世寻干戈，竟结婚姻，胡越天限南北，可为肝胆。"(《钱钟书〈谈艺录〉读本》，中央编译出版社 2013 年版，第 129 页)

陈、钱两位真正道出了二行格律诗奥秘之所在。"一阴一阳之谓道"(《周易·系辞上》)，阴阳不是一般的差异，而是性质的对立。由于对仗毕竟是一首诗词中的一个组成部分，必须服务于这首诗词的整体结构和思想感情的表达，对仗由正反合而"别产生一新意义"的要求就显得比较严苛，作者有时就不得不降低要求。如：

闰　秋

千万愁心叠，何堪更闰秋。

犹难残暑退，空想晚凉休。

烽举惊乡国，河明怨女牛。

砌蛩吾愧汝，凄断不能讴。

（叶元章、徐通翰：《中国当代诗词选》，江苏文艺出版社1986年版，第45页）

冷　灰

漏尽钟鸣晓枕空，世缘于我马牛风。

不留文字供嗤点，自揣人才在下中。

一往悠悠甘寂寂，百年鼎鼎枉匆匆。

冷灰题了无余事，底物还能愿乃翁！

（叶元章、徐通翰：《中国当代诗词选》，江苏文艺出版社1986年版，第47页）

上引五律的颔联、七律的颈联正反差异似都不很明显，两联之合基本上就没有什么新意义产生出来。二行格律诗由于自由度大，结果往往就不一样，如：

三思方举步；百折不回头。

海到无边天作岸；山登绝顶我为峰。

水惟善下方成海；山不矜高自极峰。

当然，和任何一种文学体裁一样，二行格律诗难免也有不甚合格的作品，如：

竖直脊梁立定脚；拓开眼界放平心。

品若梅花香在骨；人如秋水玉为神。

读书写字种花草；听雨观云品酒茶。

右军书法晚来善；庾信文章老更成。

司马文章元亮酒；右军书法少陵诗。

以上似乎都有合掌（指对仗中意义相同的现象）的毛病。我们的对联作品虽极宏富，但真正优秀的二行格律诗相对就要少很多。

二行格律诗之格律，要义在于一个"对"字，上下两联一定要对得起。"对"在此处有对应、对立两义。就对应而言，上下联之间字数相同，词性一致，结构相类，意义相关（既不能差不多，也不能两不搭）；就对立而言，上下联语音要讲究你平我仄的规矩，按《汉语大词典》的说法，起码尾字绝对不能相同。二行格律诗是基于汉字的艺术，是汉语文学对世界文化的独特贡献。

对联语言特别讲究情境性。抗战时期，西南联大的师生常要"逃警报"，陈寅恪为此作一联曰：见机而作；入土为安。这是基于从容淡定的幽默，这是基于汉字多义性对两个常用成语的崭新阐释，这就是二行格律诗的传世杰作。但若离开当时特定的情境，则几乎无法理解。"涕泣对牛衣，卅载都成肠断史；废残难豹隐，九泉稍待眼枯人。"读解此联，必须明白这是陈寅恪写于"文革"中的，在妻子心脏病发作濒临死亡之际写下的对联。所以读联必须联系题目，题目之重要，我们简直可以看成对联的有机组成部分。如"波高城矮；地少天多"，只有知道这是岳阳楼联，我们才会识其妙，服其高；否则，就会不知所云。类似的典型例子不少，兹从吴恭亨《对联话》再摘两联：

题定远城隍庙联：

泪酸血咸，悔不该手辣口甜，只道世间无苦海；

金黄银白，但见了眼红心黑，那知头上有青天。

丹徒程德祺悼亡联：

苦我尽头，只余薄命糟糠，亦归天上；

劝君来世，不是封侯夫婿，莫到人间。

当然也有的佳作，不太受到情境的制约，如一书室联：

两间待人而三；

万物与我为一。

用于书室当然好，用于学校、景区等也无不可。

对联的遣词造句，基于汉字的灵活性、多义性，长期以来积累了不少创作技巧，其中最典型的就是"借对"。限于篇幅，本文不可能对此进行全面介绍，只就颜色词的借义对略作说明。

聂绀弩《挽毕高士》："丈夫白死花岗石，天下苍生风马牛。""苍生"怎么能对"白死"呢？当然对不起；但不要紧，苍，青色也，从字的层面看，当然可对"白"；生对死，天造地设，再工整不过了！"白死""苍生"之所以能够成对，是借了"白""苍"作为颜色词，"生""死"作为名词的意义，是典型的借对——借义对。他另一首《削土豆伤手》"两三点血红谁见，六十岁人白自夸"中"红""白"相对；还有如钱钟书所举的陆游诗联"万里羁愁生白发，一帆寒日过黄州"，以"黄州"对"白发"；施蛰存所举杜牧诗联"当时物议朱云小，后代声华白日悬"（《商山富水驿》），以"白日"对"朱云",都是异曲同工。允许这种"通融",不但扩大了词语成对的空间,而且也使对联所用词语的意义变得丰富多彩,由于和"白"相对,"红"就能生出关于"赤子之心"的联想,于是"红谁见"就会引申出诗人的赤子之心无人能知的无限感慨。没有"借义对",自然也就没有这一切。

最后还得补充一句,关于"对对子"的语文教育价值,陈寅恪的《与刘叔雅论国文试题书》已经作了非常精辟、全面的论述,只是我们语文教育界重视不够罢了。

绝句的说与不说
——兼谈绝句的两极对立结构

提　要

绝句的语言不但可用以直接描述、刻画作品所表现的对象，往往还能着眼于凸显作品的整体结构，建构一个特殊的审美空间，从而使读者置身其间，获得一种特殊的感受和体验，与诗人的感情产生强烈的共鸣。从这一角度欣赏一些绝句名作，我们可能会有全新的收获。

《艺概》以为"绝句取经贵深曲"，"以委曲、含蓄、自然为尚"。绝句或二十字，或二十八字，篇幅很短，容量很小，如果一泻无遗，一说便尽，即无艺术可言。元稹"《行宫》'寥落古行宫'云云，张祜《宫词》'故国三千里'云云，正以不说出为佳"（《考亭诗话》语，转引自富寿荪选注《千首唐人绝句》，上海古籍出版社 1985 年版，第 1043 页），其所以为佳，关键在于说出的二十字能够营造一个激发读者想象和情感的无穷空间。王夫之《姜斋诗话》说得好："论画者曰'咫尺有万里之势'，'势'字宜着眼。若不论势，则缩万里于咫尺，直是《广舆记》前一天下图耳。五言绝句以此为落想时第一义，唯唐人能得其妙。"缩万里于咫尺，绝非绝句之所能，使咫尺有万里之势，却正是绝句之所贵。在这一点上，古人卓越的创作实践为我们提供了极为宝贵的艺术经验，我认为以警策、生动的语言表现结构上的两极对立可以说是其中最为重要、相当普遍的一种。元稹《行宫》："寥落古行宫，宫花寂寞红。白头宫女在，闲坐说玄宗。"其无穷之味实源于行宫无人与有人之间的两极对立。行宫已"古"，不堪"寥落"，即使是曾经点缀无比热闹繁华的"宫花"也别具一种"寂寞"之"红"：明无人矣。而第三句一转却转到与其对立的另一极："白头宫女在"——原来竟还有人在，这"在"字笔力千钧，构成了对于前面一极的断然否定。虽然她只是一名"宫女"，且已"白头"，终日"闲坐"以"说"早已消失得无影无踪的"玄宗"打发漫长的时日。第二句宫花之"红"与第三句白头之"白"更强化了两极对立的鲜明性。如果第三句没有转到与"无人"对立的另一极，而是顺流百下，无穷之味亦将化为乌有。张祜《何满子》："故国三千里，深宫二十年。一声何满子，双泪落君前。"前人说"此诗更悲在上二句"。何以故？无他，即源于"故国三千里"与"深宫二十年"之间极远与极长的两极对立，"如此而唱悲歌，那禁泪落"！

陈陶《陇西行》："誓扫匈奴不顾身，五千貂锦丧胡尘。可怜无定河边骨，犹是春闺梦里人。"以"五千貂锦丧胡尘"之"河边骨"
与"梦里人"形成十分尖锐的两极对立，留下了空阔深邃的审美空
间，因而成为千古绝唱。而张仲素《秋夜曲》"丁丁漏水夜何长，漫
漫轻云露月光。秋逼暗虫通夕响，征衣未寄莫飞霜"，陈玉兰《寄
夫》"夫戍边关妾在吴，西风吹妾妾忧夫。一行书信千行泪，寒到
君边衣到无?"等作在艺术上要差一筹，根本原因就在于只写了思
妇一极，感情虽然真切深挚，但失之直露，终乏婉曲空灵之致。许
浑《塞下曲》："夜战桑乾北，秦兵半不归。朝来有乡信，犹自寄寒
衣。"唐汝询《唐诗解》谓"与陈陶《陇西行》同意，陈语神，许
语质"。其实"五千貂锦丧胡尘"，岂非质语?"朝来有乡信，犹自
寄寒衣"语岂不神?但许作所写寄寒衣的征妇之夫或在尚存已归之
另一半者亦未可知，也就是说征夫的遭遇与征妇的思念并未形成完
全对立的两极，因而魅力大减。俞陛云《诗境浅说续编》谓许作所
写仅"半不归"，而陈作"则全军皆墨，诗尤沉痛"。我以为陈诗之
"尤沉痛"者，不在秦兵"全军皆墨"甚于"半不归"，而在于已为
鬼与犹是人两极间鲜明对立所形成和保持的张力。至于沈彬《吊边
人》"白骨已枯沙上草，家人犹自寄寒衣"，作意虽与《陇西行》极
为相似，但两极的矛盾尚未推到对立的尖端，其间的张力就难于达
到丰满的极致。

　　"张力"本属物理学中的一个术语，指物体受到拉力作用时，
存在于其内部而垂直于两相邻部分接触面上的相互牵引力。在绝
句创作中，诗人的形象思维应善于在杂多的观念世界中找到对立
的两极，把表象之间的区别鲜明化、尖锐化，推到矛盾的尖端。
这两极之间既相互分离、相互对立，又相互依存、相互含摄，它
们之间的巧妙平衡就造就出一个新的统一体。柳宗元的《江雪》，

先以"千山鸟飞绝，万径人踪灭"把大自然的空旷寂灭这一极推到尖端，而于对立的另一极即人的坚定从容又起到了含摄、衬托的作用，突出地映现了渔翁的精神品格，他的坚定从容正是对"千山鸟飞绝，万径人踪灭"无言的傲视。换言之，渔翁正是由于与之对立的另一极而获得了自己特殊的价值和魅力，他因而不是别的渔翁，而是一个特立独行、顶天立地的大写的人。如果没有这对立一极的存在，他也就成了一个普普通通的渔翁了。前二句所形成的强大精神压力仅仅是为了等待这位渔翁的出现，而渔翁的形象同时也使这"千山鸟飞绝，万径人踪灭"的世界得以完全改观。由此可见，要在对立的两极形成并保持一定的张力，必须把它们联系起来，使之相关、沟通、渗透、融合，正如黑格尔所说的："每一个都只是与它的它物相关，才与自身相关。"（黑格尔：《逻辑学》下卷，杨一之译，商务印书馆1976年版，第47页）不能把它们割裂开来，而要在对立之中创造出新的和谐。《易》曰"一阴一阳之谓道"，在诗歌中，如果可以把"道"理解为神韵之类的魅力，那么绝句中不少名篇佳作之"道"就是出自如老子所说的"负阴抱阳"的两极对立结构。

阿恩海姆认为："表现性就存在于结构之中"，"整体的结构取决于各个部分之间的结构，而部分的结构又依赖于整体的结构"（阿恩海姆：《艺术与视知觉》，中国社会科学出版社1984年版，第614、96页）。正是部分与部分之间的关系决定了它们结构的性质。绝句的起承转合，往往起承为一个部分，转合为另一个部分，其中可以无承无合，却不能没有转，否则便会显得平直而无深曲之致。所以前人说"宛转变化，工夫全在第三句"，绝句"以第三句为主"（《唐诗别裁》语，转引自富寿荪选注《千首唐人绝句》，上海古籍出版社 1985 年版，第 1031 页）。转要转得有力，有如射之开弓，就要从起的一极转向与之对立的另一极，两极对立正是转的最大幅度，因为它呈现出了最为空阔深邃的境界，含蕴着丰富深厚的美感生发力，成为"最活泼的生命源泉"（宗白华）。前人崇尚空灵，说"空则灵气往来"（周济）。因为人们对艺术品的观赏，就是将自身的想象、情感等投射到作品中去；为此，作品"必须给他提供一个'屏幕'——一个空白的或不确定的区域——以使他能在上面投射所期待的形象"（冈布里奇：《艺术与幻觉》，湖南人民出版社 1987 年版，第 195 页）。绝句的两极对立结构就为读者提供了一个能够最大限度地调动想象、情感等心理功能的"屏幕"。李白的《早发白帝城》，从"千里"与"一日"、"不住"与"已过"的两极对立之中，有的读者感受到了三峡的奇险，有的感受到了诗人的欢快，更有的品味出了人生的短暂以及由此而生的遗憾、怅惘……这种结构正是对于灵气的持续召唤，其表现性确实难以穷尽。绝句的两极对立结构及其表现性，似可用李白的诗句"两岸青山相对出，孤帆一片日边来"进行描述。

把握绝句的两极对立结构，可以为我们对绝句的鉴赏开拓出全新的天地。如孟浩然的《春晓》："春眠不觉晓，处处闻啼鸟。夜来风雨声，花落知多少。"论者以前往往只着眼于其中的一极进行诠释，认为"此诗人所以成为绝唱，大概是因为表现了两个令人神往之处：一是在春晨睡了一个踏实的早觉，神志清醒而精神愉快；二是睡醒后听到的是百鸟的啭鸣，而又并不急于起来"（邵毅平：《中国诗歌：智慧的水珠》，浙江人民出版社 1991 年版，第 200 页）。或强使一极纳入另一极的轨道，以为"处处闻啼鸟"是由于夜来风吹雨打以致百鸟失巢而悲鸣，以可喜可爱为可悲可憎，完全走到岔道上去了。

其实，它之所以千百年来让人回味不尽，正是由于它所表现的春天的美好与无奈这两极之间的对立统一。贺知章《回乡偶书》"少小离家老大回"，历来注家甚多，或曰"以诙谐的语气着重地表现了那富有情趣的刹那，从而冲淡了他内心里的迟暮之感"（沈祖棻：《唐人七绝诗浅释》，上海古籍出版社1981年版，第10页）；或持相反意见，认为"从乡里儿童的问话中，增添了时光易逝、人生易老的感慨"（葛杰、仓阳卿：《绝句三百首》，上海古籍出版社1980年版，第5页）。其实此诗前二句的主题是：我不是客——我终于回到我原来离去的地方，虽然离别多年；我依然故我，虽然老了。后二句则是一个与之对立的主题：你分明是客，不容置疑。对立的两极都是那么真实有力，感情就在这一巨大的落差中形成一道飞瀑：我果真是原来那个我吗？我是回到原来离去的地方还是到了全然陌生的所在？我究竟是谁？这里到底是哪里？……使人感到一种关于人生的浓烈沉重的悲怆意味，远远深于一般的时光易逝、人生易老的感慨。金昌绪的《春怨》："打起黄莺儿，莫教枝上啼，啼时惊妾梦，不得到辽西。"表面看来似乎只是写了一极，其实它是以读者的常情常理为另一极的。黄莺乃可亲可爱之物，她却要"打"；"辽西"乃当时偏远蛮荒之地，她却以梦不得到为恨，如此理解，方可知其感情之真之深。如果只是说它"写女子思念远征在外的丈夫"，"'辽西'，辽河以西，今辽宁省西部，是诗中女子所思念的人的居留地"，就有轻描淡写之嫌，没有真正读懂。说句笑话，若只着眼于辽西之远，改成"不得到巴黎"似也无妨。

刘禹锡的《乌衣巷》："朱雀桥边野草花，乌衣巷口夕阳斜。旧时王谢堂前燕，飞入寻常百姓家。"施蛰存先生在《唐诗百话》中列举了古今各家的解说之后写道："觉得大家把问题集中在'王谢堂'

和'百姓家'，未免找错了重点。应当注意的是'旧时'二字。上句既用'旧时'来形容'王谢堂前燕'，那末'飞入寻常百姓家'应当是'现今'的燕子了。诗人想到南京的燕子，在六朝时代，常飞入王、谢家高堂大厦中去做窝，而现在呢，南京的燕子却只能'飞入寻常百姓家'了。'旧时王谢堂前燕'不能理解为就是今天的燕。旧时和现今，相差五百年，一群燕子，没有如此长的寿命。在诗的艺术方法上，'旧时王谢堂前燕'是虚句，是诗人想象。'飞入寻常百姓家'是实句，诗人写当今的现实。如果我们从这一角度去思考，那末'王谢堂'和'百姓家'的关系可以获得正确的解释了。"（施蛰存：《唐诗百话》，上海古籍出版社1987年版，第437页）按施老的意思，似乎是说旧时之燕飞入王谢堂，现今之燕飞入百姓家。果真如是，那么王谢堂和百姓家的关系仍又兜回旧注的圈子中去了：究竟是王谢堂现今已"百无一存"，其废墟已变作百姓家了呢，还是今日之百姓家即从前之王谢堂呢？问题并未得到准确的解释。施老提出不能忽视"旧时"二字是可取的，但拘泥于此，恐亦有损诗意。从常识看，现今"飞入寻常百姓家"的燕子当然不可能是"旧时王谢堂前燕"；但循此常规，着眼于现今之燕并非"旧时"之燕，也就大大削弱了旧时王谢堂与现今百姓家这两极对立的鲜明性、尖锐性，一种历史的沧桑感、悲凉感也就因此而消蚀大半。为了强化旧时王谢堂与现今百姓家这两极之间的对立，诗人或竟是有意违背常情常理以"燕子"这一概括性极强的词来模糊旧时之燕与现今之燕的区别，从而使读者的注意力集中于王谢堂与百姓家的沧桑巨变，正是这一群燕子巧妙地把对立的两极连成浑然一体。虽然"相差五百年，一群燕子，没有如此长的寿命"；但既然都是燕子，虽"相差五百年"，终究也没有什么不同。我以为倒是致力于区分旧时之燕不是现今之燕"未免找错了重点",至于读者以为旧时王谢堂这群建筑物如今在与不在都无关宏旨,在王谢堂与百姓家这两极对立所营造的巨大审美空间中都是允许存在的。不知施老和各位读者以为然否。

为《史记》而忍辱，因申愤而赴死
——《报任安书》解读

提　要

清人赵铭早已指出，司马迁当年因李陵案被判死刑，宫刑乃其所"自请"；但语焉不详。我们着重从《报任安书》的遣词造句入手，梳理了当初他为《史记》的写作而自请宫刑和后来为申愤而发表《报任安书》自觉赴死这一足以动天地、泣鬼神的心路历程，希望能够深入理解和真切感受作者难以言说的内心痛苦和无限激愤。

司马迁因当年为李陵辩护而被武帝处以宫刑——数十年来我对此一直深信不疑；最近读到清人赵铭

在《琴鹤山房遗稿》卷五中所发表的见解，为我们深入解读此信、真正走进司马迁的心灵世界提供了一个全新的角度，顿时有豁然开朗之感。史记学博大精深，我仅凭阅读中一时感悟，说点一得之见，恳盼专家和读者不吝赐教！

赵铭说：

> 夫迁以救李陵得罪，迁但欲护陵耳，非有沮贰师意也。帝怒其欲沮贰师而为陵游说，则迁罪更不容诛。以武帝用法之严，而吏傅帝意以置迁于法，迁之死尚得免乎？汉法，罪当斩赎为庶人者，唯将军为然；而死罪欲腐者许之，则自景帝时著为令。张贺以戾太子宾客，当诛，其弟安世为上书，得下蚕室，是其明证。迁惜《史记》未成，请减死一等就刑，以继成父谈所为史，帝亦惜其才而不忍致诛，然则迁之下蚕室，出于自请无疑也。迁《报任少卿书》曰：'草创未就，会遭此祸，惜其不成，是以就极刑而无愠色。'又曰：'仆诚已著此书，藏之名山，传之其人通邑大都，则仆偿前辱之责，虽万被戮，岂有悔哉！'寻文考指，当日迁所以请，与帝所以贳之之本末，犹可推见，史家讳不书耳。（转引自韩江琦：《史记选注集评》，广西师范大学出版社1995年版，第611—612页）

"史家讳不书"者，宫刑乃司马迁自请耳！于此史家为什么要为之讳？按常情常理，被处宫刑是奇耻大辱，特别是难以面对先人，岂可为免一死而自请之？！——我们要面对的问题是，赵铭作出"自请"这一结论的逻辑前提是，司马迁为救李陵，汉武帝给他判的究竟是死刑还是宫刑，如果直接就是宫刑，就根本没有"自请"的必要。所谓"自请"必基于被判死刑这一前提。再三细读赵铭的推理过程，确实具有极强的说服力。但是仅凭逻辑推理还是不够的，我从《报任安书》的遣词造句，找到了几个"自请宫刑"的内证，以资补充。首先是"因为诬上，卒从吏议"，初看似有模糊之嫌。汉律明文规定，"诬上"乃死罪，必判死刑无疑；而"吏议"只会从严，绝不可能减一等发落。司马迁未曾明确交代"吏议"的结果，盖"死刑"不言自明也；再者，不明说"死刑"也为不明说"自请"宫刑提供了空间——其实这距离"明说"只有半步之遥。其次，《报任安书》说"假令仆伏法受诛，若九牛亡一毛，与蝼蚁何以异?"，"伏法受诛"是司马迁作出的一个假设，这一假设不言自明的前提就是当时所判实为死刑，因此才有写《报任安书》作"假令仆伏法受诛"的可能。又其次，信中说：

> 仆虽怯懦，欲苟活，亦颇识去就之分矣，何至自沉溺缧绁之辱哉！且夫臧获婢妾，犹能引决，况若仆之不得已乎？所以隐忍苟活，幽于粪土之中而不辞者，恨私心有所不尽，鄙陋没世，而文采不表于后也。

"自沉溺缧绁之辱"，此说深可玩味。在死刑面前他不想也不愿更不能"苟活"——此处"苟活"起码有两重意涵：因怕死而求活，为活而活，这些都是他不会也不屑考虑的；所谓"自沉溺缧绁之辱"之"自"，无异于是说自己愿意求活，也就间接申明了"自请"的意思。而紧接着所说的"隐忍苟活"之所以能够成为事实，就是"自请宫刑"的结果，由于除了"自请"，没有别人为之关说。信里也写了当时孤立无援、无可告诉的窘境绝境："家贫，货赂不足以自赎，交游莫救，左右亲近，不为一言。身非木石，独与法吏为伍，深幽囹圄之中，谁可告愬者！"换言之，除了"自请"，又有谁会愿意出面？细细品味，"所以……者，恨……也"这语气就表明"隐忍苟活"是出自他自己的主动选择而非他者强迫的结果。再其次，信中一再写到被宫所带来的耻辱和痛苦远远超过受诛就死，一再认定宫刑才是"极刑"："行莫丑于辱先，而诟莫大于宫刑""最下腐刑，极矣""是以就极刑而无愠色"。关于"极刑"的词义我曾专门请教古汉语学者陈年福教授。承他回复说：

极，《说文》："极，栋也。"本义为房屋正梁，引申而有"中"、"顶点、最高"义，虚化为副词，义为"最、非常"。极刑，即极罚。(1)指最高的刑罚，多指称死刑；(2)指称严刑、酷刑。《中文大辞典·木部》：极刑，谓死刑也。《史记·邹阳传》："李斯竭忠，胡亥极刑。"《文选·司马迁〈报任少卿书〉》："是以就极刑，而无愠色。"《六部成语·刑部》"极刑"注解："极重之刑也。"《汉语大词典》：1.酷刑，严刑。汉司马迁《报任安书》："惜其不成，已就极刑，而无愠色。"《后汉书·班彪传》："〔司马迁〕崇黄老而薄《五经》……此大敝伤道，所以遇极刑之咎也。"李贤注："极刑谓迁被腐刑也。"2.处死；死刑。……据上，《汉语大词典》释义较《中文大辞典》准确。

从《中文大辞典》和《汉语大词典》的对比中，可以看出后者释义确较前者准确。《报任安书》中"是以就极刑而无愠色"这句话明显是回叙过往事情的已然语气，请看原文出处：

仆窃不逊，近自托于无能之辞，网罗天下放失旧闻，略考其行事，综其终始，稽其成败兴坏之纪，上计轩辕，下至于兹，为十表，本纪十二，书八章，世家三十，列传七十，凡百三十篇。亦欲以究天人之际，通古今之变，成一家之言。**草创未就，会遭此祸，惜其不成，是以就极刑而无愠色。**仆诚以著此书，藏之名山，传之其人，通邑大都，则仆偿前辱之责，虽万被戮，岂有悔哉！然此可为智者道，难为俗人言也！

《中文大辞典》将其训为"死刑"，其实是个笑话：已就死刑的人就是死人，死人又如何能够回忆并写出昔日往事？《汉语大词典》移作"酷刑，严刑"的例句就对了。由于"极刑"的词义能游移于"死刑""酷刑"两者之间，上引唐李贤注《后汉书》就曾直接将极刑训为"腐刑"；说司马迁当时被判"极刑"，也就没有违背原判死刑、宫刑乃其"自请"这一事实。司马迁有意讳言"自请"，遣词造句如此用心良苦，何以故？他先说"事本末未易明也"，再说"事未易一二为俗人言也"，最后又说"此可为智者道，难为俗人言也！"可谓一篇之中三致意焉！两千多年以后，我们有责任把他的心曲大白于光天化日之下。

我要特别强调的是，司马迁假若当年被判死刑而就死，固然伟大；而主动自请宫刑以赢得写完《史记》的时间则更伟大。——自读到赵铭的发现，数日来常常夜难入寐，觉得不将司马迁这"更伟大"的一层表出，实在于心难安！一般而论，当时面对死刑当有两种选择，一是接受判决而就死，司马迁以为如此则毫无价值："仆之先非有剖符丹书之功，文史星历，近乎卜祝之间，固主上所戏弄，倡优畜之，流俗之所轻也。假令仆伏法受诛，若九牛亡一毛，与蝼蚁何以异？而世又不与能死节者比，特以为智穷罪极，不能自免，卒就死耳。"好在另外还有一个选择，这就是请求援引以前的判例，减为宫刑。说是"减刑"，在司马迁心目里这实际上是比死刑更重的刑罚。死刑是结束一个人的肉体生命，而"人生自古谁无死"？宫刑虽能延续一个人的肉体生命，却必须承受永难摆脱的精神和人格上的无比屈辱。对于一个视人格、人的尊严高于肉体生命的人来说，在死刑与宫刑之间，必然乐于受诛无疑。然而对于司马迁来说，事情却并没这么简单，死刑、宫刑的选择就是：是图一时之快而慷慨就死，还是忍辱被宫而写完《史记》？司马迁选择了后者，这是一个特别艰难的抉择，由于被宫而承受的屈辱是双重的，既有宫刑本身以及进一步由"自请"所带来的屈辱，更有时人、后人不明隐情而可能产生的种种误会所带来的屈辱，即所谓舆论的压力。但他坚信，《史记》重于一切，或者说《史记》才是他真正的生命，不仅此也，也是他父亲和家族最高的追求！他除此别无选择！为了《史记》，他一切都认了，一切都忍了！他为《史记》而忍辱求生，负屈致远，不愧为我国历史上最伟大的史学家！

　　但这并不是司马迁作为一个人的最伟大之处，他最伟大之处是在两千多年前三纲五常业已确立的汉武帝时代，能够毅然决然冲决"君为臣纲"的思想罗网，严正批判了刘彻的蛮横残暴。众所周知，君王的权威在先秦尚较宽松，但到汉代，三纲五常的邪说业已正式成为统治思想，皇帝以天子自命，代表的是天意，因而具有绝对的权威；然而司马迁没有屈服于"君为臣纲"的淫威之下，做一个"天子圣明兮臣罪当诛"的奴才，而是坚定地以错为错，以恶为恶，以罪为罪，且并不仅腹诽而已，而是痛快淋漓地直陈其事，态度鲜明地分清是非。《报任安书》说"明主不晓"，几乎就是直面痛斥当时至高无上的皇帝。从这个角度看，司马迁是我国历史上专制帝制魔爪下最早的觉醒者、批判者、反抗者之一。

特别值得我们钦佩崇敬的是，司马迁并没有因他受到武帝蛮横、残忍的迫害而放弃作为一个史学家"不虚美、不隐恶"的"实录"精神、公正态度，在《史记》的写作中不泄私愤而给他以客观公正的评价。现在我们看到的《史记·孝帝本纪》为后人补作，不足为据；《太史公自序》写道："汉兴五世，隆在建元，外攘夷狄，内修法度，封禅，改正朔，易服色。作《今上本纪》。"可见他对武帝基本上还是肯定的；同时也深刻地揭露了武帝的严刑峻法、好大喜功、虚伪残忍、嗜于杀戮等罪错。这也从另一方面表现了司马迁作为史学家的伟大。

对于司马迁来说，《史记》与《报任安书》是两类不同性质的写作，《史记》具有很强的文学性，但它毕竟是史学著作，所谓"史家之绝唱"是也；而《报任安书》是个人信件，从这一角度看，它具有接受对象的唯一性和内容的私密性，因此可以直抒胸臆，自由挥洒。它活生生地展现了人之为人的高贵精神处于巅峰阶段一种罕见的奇异状态——由忍辱求生而慷慨赴死。它不是诗，却能使人回肠荡气，刻骨铭心，甚至为之泣下，为之拍案而起！是实实在在的"无韵之离骚"。

司马迁先是忍辱求生。古人云，死，人之所难；有诗曰，"千古艰难唯一死"。避死求生，人性使然，无可厚非。但向来不乏舍生就死、慷慨赴死、视死如归者，无疑他们往往都是能够赢得人们尊敬的英雄。而司马迁精神的高贵却体现在对屈辱而生的追求、坚韧，当然这屈辱而生比立刻就死要艰难得无法相比、痛苦得无法相比！《报任安书》就把他这种艰难、痛苦表达得淋漓尽致，像爆发的火山一样喷泻出来，又像银河一样永远悬挂在人类精神的天空！司马迁在《报任安书》中一吐为快的强烈情绪、话语早已淤积于胸，任安的来书恰恰提供了倾诉的契机。这就有了这封回信的两种内容，一是本来要说而无处可说的内容，一是针对任安来书即答复所提要求（落难求援）的内容，前者是主要的，而后者又是前者得以倾诉的"由头"，因此两个内容又是相互关联不可断然分割的。由于是复信，必先从来信说起，得先向对方说明此时此刻回复的原因，讲了自己"身残处秽，动而见尤，欲益反损，是以独郁悒而与谁语"的处境。接着从正反两方面论述为人处世的基本原则，正面讲到"耻辱者，勇之决也：立名者，行之极也"，反面讲到"行莫丑于辱先，诟莫大于宫刑"；而自己正是"辱先"的刑余之人，背负着历来无不以为耻辱、无论如何都无法开脱的污名，让对方明白自己难伸援手的苦衷。《报任安书》可以说是把个人天大的屈辱给写尽了，从而也把"忍辱"之痛苦的煎熬给写透了，因而说它是从古到今申愤之第一文，我想是大家都会首肯的。读《报任安书》，犹如面对黄河壶口的怒涛！回顾当年冤情的始末，描述自己处境的险恶以及抉择的艰难，倾诉为人必须恪守的原则而自己又不得不求活的撕心裂肺之痛，罗列历史上前人正面反面的典型，等等，几乎都以排比的句式汹涌而至，大浪拍天！例如"太上不辱先，其次不辱身，其次不辱理色，其次不辱辞令，其次诎体受辱，其次易服受辱，其次关木索、被箠楚受辱，其次剔毛发、婴金铁受辱，其次毁肌肤、断肢体受辱，最下腐刑，极矣！"一段，本也可用"人之受辱"四字概括"最下"之前的全部，可司马迁偏要"太上……其次……其次……其次……其次……其次……其次……其次……其次……"一一历数之，最后才逼出"最下腐刑，极矣！"，这样"极矣"两字就有了泰山压顶般的分量。八个"其次"，一浪高过一浪，最后一浪好像自天而降，具有不可抵挡的气势。司马迁这不是在讲技巧、"做"文章，而是多年淤积于心的怨愤逼得他如此嚎啕痛哭，这般呼天抢地！这天大的怨愤、痛苦自然而然推动他手中的笔将这血泪文字喷涌而出！

再说慷慨赴死。了解了司马迁辱之大，忍之难，也许就会同意我"死于他无疑是一种极其奢侈的享受"这一判断。信中"明主不晓，以为仆沮贰师，而为李陵说游，遂下于理。拳拳之忠，终不能自列"这段话，如果脱离当时严酷的时代环境，说说历史上哪个皇帝的罪错，是再轻松不过的事，简直连"事"也说不上，但在司马迁当时却是性命攸关、极端严重的天大之事。这里必须说明一个细节：《报任安书》好像是一封具有私密性的个人信件，实际上则等同于公开信，已有文章指出，因为任安当时已被关在死囚狱中，送信至此必须通过有关当局，哪有不被公开之理？司马迁明知此信极有可能会到武帝手里，仍旧照写不误；更大的可能是，他就是为了让武帝看到才这样写的，说司马迁这是冒死挑战武帝一点都不夸张。对此，我认为他是自觉的，有思想准备的："仆诚以著此书，藏之名山，传之其人，通邑大都，则仆偿前辱之责，虽万被戮，岂有悔哉！"我甚至认为司马迁这就是为一雪前耻而主动求死！那么，他到底是怎么死的？这个问题史学界聚讼纷纭，莫衷一是。浅见以为必须给予《汉书·司马迁传》的有关记载以充分的尊重：

迁既被刑之后，为中书令，尊宠任职。故人益州刺史任安予迁书，责以古贤臣之义。迁报之曰：（下录《报任安书》全文，此略）迁既死后，其书稍出。（班固著，赵一生点校：《汉书》，浙江古籍出版社 2000 年版，第 844—847 页）

《汉书》的这种写法极不寻常：怎么录完《报任安书》后紧接着就写"迁既死后"？上文明明没有写完，接着下文就马上另起一头；司马迁的生平只写到他写《报任安书》为止，下面就写死后的事了。我们不应怀疑班固的写作水平是否及格，也不应怀疑他的写作态度是否严谨（《报任安书》就是由他搜罗、录入《司马迁传》的，因而才得以流传至今，可见他的严肃认真）。非常明显，班固这是有意留白，故意卖个破绽。我们再看司马迁传的"赞曰"如下文字：

> 乌呼！以迁之博物洽闻，而不能以知自全，既陷极刑，幽而发愤，书亦信矣。迹其所以自伤悼，《小雅·巷伯》之伦。夫唯《大雅》"既明且哲，能保其身"，难矣哉！

把上面的特别刺眼的空白，和这里特别醒目的"不能……自全"联系起来，只要我们不带偏见，就能一望而知：司马迁是被害而死的。班固不直书其事，完全可以理解。和班固同为东汉初年人的卫宏，在其《汉书旧仪注》中就明明白白地写道："司马迁作《景帝本纪》。极言其短及武帝过。武帝怒而削去之。后坐举李陵，陵降匈奴，故下迁蚕室。有怨言，下狱死。"（张大可，丁德科：《史记论著集成》第十卷，商务印书馆2015年版，第24页）"下狱死"是因《报任安书》中白纸黑字的"怨言"，我以为无可怀疑。司马迁为《报任安书》付出了生命的代价，可谓求仁得仁。

确实，《报任安书》是一封向世人的告别信，给历史的自白书，更是对武帝的控诉状、决裂书，足以动天地、泣鬼神！可以说是司马迁对人类精神宝库的伟大贡献！

附一：

从《西方哲学史》得诺贝尔文学奖谈起
——漫话非文学作品的文学价值

提　要

古今中外，有的非文学作品也颇具文学价值，例如罗素的《西方哲学史》就曾得过诺贝尔文学奖。此类作品的文学价值主要表现为：为公众而写作的真诚态度，内容的新颖独到、深入浅出，语言表达的简洁风趣以及其中所闪现的智慧、所流露的情感等等，总之是一些令读者为之倾倒的因素。

我们平常所说的文学作品，一般都是指诗歌、小说、散文、戏剧，除此之外，就是所谓"非文学作品"了。这当然没错，但也不能绝对化；

因为一些所谓"非文学作品",也可能具有很高的文学价值,甚至因此而得了诺贝尔文学奖,如得1902年文学奖的蒙森所写的《罗马史》和得1950年文学奖的罗素所写的《西方哲学史》等作品。诺贝尔奖章程有关部分指出:"文学"应不仅包括纯文学,"也应当包括在形式或内容上显示出文学价值的其他著作"(肖涤:《诺贝尔文学奖要介》,黑龙江人民出版社1992年版,第65页)。这就是《罗马史》《西方哲学史》等历史学、哲学著作得奖的依据。准此,我们也许可以把诗歌、小说、散文、戏剧作品称为纯文学作品,而把具有较高文学价值的哲学、社会科学、自然科学等学术著作,称为广义的文学作品。如何理解它们的文学价值?罗素得奖的颁奖词中如下两段话可作说明:"诺贝尔奖并非旨在他在这些特殊科学领域所取得的成就。在我们看来,更为重要的是罗素的著作为广大的公众而写,因而卓有成效地保持了大众对哲学课题的兴趣。""罗素的见解深刻明智,文笔简洁,严肃中闪现智慧,其作品显示出只在少数卓越的作家身上才具有的特征。他的作品为数众多,无暇——提及,从文学的角度看也是令人倾倒的。"(刘硕良:《诺贝尔文学奖授奖词和获奖演说》上,漓江出版社2013年版,第250页)从内容看,罗素的著作总在追求前人未曾发现的真理、获取具有划时代意义的知识,但这些并不是他获文学奖的理由;他之所以获文学奖,首先是缘于他——或许就是韦勒克、沃伦《文学理论》一书中所说的——"出色的文字表达形式"。为了我们的说明能够稍稍具体一些,姑且以他的《幸福之路》中译为例。《幸福之路》虽然并未名列诺贝尔文学奖的颁奖词里,但肯定是"许多同样重要的著作"之一;我们选中它的另一个重要理由就是,怎样才能做一个快乐的人也许是我们许许多多人所感兴趣的话题。当然我们不是旨在介绍它的内容,而是从文学的角度作点局部的、片段的甚至只是极其肤浅的考察，当然这也不可能不涉及内容。

由于为公众而写的真诚，他笔下的文字对读者来说就表现出了无比的亲切，丝毫没有居高临下的傲慢，总是体贴人们日常生活的感受，如在开头就谈到在周末的马路上，大家驾车出游，全都一心一意地去寻求欢乐，但又总是会因为一些细小然而很实际的难以言状的烦闷占据他们的心，从而让大家能够直面这本书所揭示的几乎人人都不快乐的现象。这就一下子拉近了作为当时一位伟大的思想家和我等凡夫俗子之间的距离，明白了本以为高深莫测的哲学于我们原来可以是这么亲切、这么有趣，而且是这么必需。为此，他也愿意现身说法，讲讲自己的亲身经历或体验，如他曾说"我不是天生快乐的人。我儿时最喜爱的圣歌是：'讨厌的世界满载着我的罪恶。'五岁那年，我曾想，如果我能活到七十岁，至此我才熬过了一生的十四分之一，于是我感到眼前那漫长的苦闷生活几乎不可能熬过。在青少年时代，我憎恨人生，经常想到自杀……"读来我们觉得是作者在和我们促膝谈心。

此书由不快乐的原因、快乐的原因两部分组成。人们为什么不快乐呢？原因当然不一而足，罗素认为其中一个重要的原因是感到空虚。空虚何以会成为不快乐的原因？我们往往总是觉得空虚一定是由于缺少什么，而不是过多拥有了什么。事情是这样的吗？罗素的言说引人入胜，这不仅仅是由于他见得深，更由于他说得好：

　　我本人就常有万事皆空的心境；我摆脱这种心境并非靠什么哲学，而是靠对于行动的迫切需要。如果你的孩子病了，你也许会忧伤，但你绝不会感到万事皆空；无论人生有无终极的价值，你都会觉得恢复孩子的健康是当务之急。一位富翁也许会常常感到万事皆空，但是当他破产时，他就会感到下一顿饭决不空虚。感到空虚是由于自然需要太容易满足的缘故。人和其他动物一样，宜为生存作一定量的斗争，当人类凭借大宗财富即能毫不费力地满足自己的一切欲望时，快乐的要素便会因此而消失。如果一个人总是轻易得到他十分向往的东西，他便会断言愿望的实现并不带来快乐。如果他具有哲学家的气质，他便会断言人生在本质上是不幸的，因为一切欲望都能实现的人依然烦恼。但他却忘记了缺少你所向往的某些东西乃是快乐必不可少的要素。

看到他所说的见解，固然令我们佩服；而能够让我们会心一笑的更有可能是他所列举的一些事实，是的，一个病孩的父母，一个饥饿的破产者决无空虚之感，这些显而易见的事例逼出了空虚源于自然需要的容易满足、未能满足或不易满足才是快乐的必不可少的要素这一结论。倘若没有那些事例作为铺垫，而要让读者走出原先"快乐源于需要的满足"这一认识的误区，信服作者新颖独到的见解，不知要花多少笔墨，甚至花了许多篇幅也未必能有理想的效果。如果一开始就端出"缺少你所向往的某些东西乃是快乐必不可少的要素"，接着是长篇大论的心理学、生理学的有关论述，读者也许就会掩卷而去。不过，即使手握这些具有强大说服力的事实，作者还是分成两步来走，先说快乐会因满足而消失，再讲缺乏乃为快乐所必不可少。这便是严肃中所显现的智慧。它不是一个纯粹的技巧问题，那些我所谓"显而易见"事实的发现，只是在作者似乎毫不费力的摆出来之后才变得"显而易见"，我当然不知道作者为寻觅这几个例子花了多少心力，可以肯定的是，它们的发现是和作者对自己观点的透彻把握分不开的，它基于作者对人的生活、对人、对人性的深刻洞察。所谓鞭辟入里，既指理论的作用，也指语言的力量。

上引罗素的论断，让我想起了几十年前看过的一篇埃及（？）作家写的短篇小说:《衬衫》。国王生了一种奇怪的病症：总是感到不快乐，根本没有快乐的时刻。请了不知多少名医，吃了不知多少药物，就是不见有任何好转。后来终于有一位神医拍拍胸脯保证说，只要穿上一个快乐的人的衬衫，必能治愈。于是国王就派出了许多大臣奔赴全国各地去寻找快乐的人，以便要到他的衬衫。可是各路人马都纷纷失望而归，其中有位大臣在归途中歇脚的时候，突然发现一个帮别人推车为生的穷人，看上去十分快乐。交谈之下，大臣深信他的确没有烦恼，只有快乐；于是连忙问他要他的衬衫，而他回答说:"我没有衬衫。"我之所以介绍这篇小说，倒不仅仅是为罗素增添一个论据，而是想到小说和学术论著有时在内容、表达、效果上的确可能会有所交集，有的学术论著确有文学价值在；只是现在一时无法找到《衬衫》，不可能说得更具体一些。

罗素在谈到求福之路上"努力"与"放弃"各自的作用。他指出:"放弃有两种，一种源于绝望，一种源于遏制不住的希望。前者是不好的，后者是好的。"如果是源于绝望的放弃，"无论他使用何种托辞来遮掩他内心的失败，他始终将是一个彻底不快乐的人"。接着他说:

> 但是把放弃建立在遏制不住的希望之上的人，行动则截然不同。成为遏制不住的希望必定是很大而且是非个人性质的。无论我个人的活动如何，我都可能被死亡或某种疾病击败；我可

能被敌人打倒；我可能发现自己走上了一条不能成功的蠢路。在成千上万的形式中，纯属个人希望的破灭也许不可避免，但若个人的目标已成为对于人类的大希望中的一部分，那么当失败到来时，也不至于被彻底击倒了。渴望有重大发现的科学家可能失败，也可能因某种疾病而被迫放弃工作，但若他深切地希望科学的进步而不单希望自己个人的参与，那么他决不会像一个纯粹出于自私动机的科学家那样感到绝望。致力于某些极迫切的改革的人，可能发现自己全部的努力被一场战争挤上岔路，也可能发现他为之奋斗的事业不能在他生前成功。但是他无须为之绝望，只要他关心着人类的未来而不介意自己个人的参与。

李清照《题八咏楼》诗云："千古风流八咏楼，江山留与后人愁。水通南国三千里，气压江城十四州。"我在金华工作、生活了50多年，当然也曾多次去八咏楼观赏游览，李清照这首诗自是耳熟能详，可以前并未真正读懂；罗素这段睿智精辟的剖析才让我真正走进了这首诗的崇高境界。原来我以为"江山留与后人愁"是一种万般无奈的消极情绪，由此我也觉得这首诗似乎缺乏内在的统一性。上引罗素这段话，尤其是后面几句，让我豁然开朗：她深知在她有生之年收复失土已经无望，但是她并没有为之绝望，而是深信统一大业一定会有后人完成，不必过分在意她个人看到与否，对未来，对后人，八咏楼上所见所感让她充满了信心！"江山留与后人愁"看似一种放弃，但却不是绝望，而是"把放弃建立在遏制不住的希望之上"！把这首诗所表露的心态称为快乐诚然并不恰当，说是豁达甚至乐观却均无不可。

在下文，作者又写道：

> 摆脱了烦恼的人将会发现生活远比他过去一直恼怒的时候快乐得多。熟人的怪癖以前会令他歇斯底里，现在则只会让他感到可笑。当某公把特尔·弗格主教的故事讲到第三百四十七次时，他将以次数的记录为乐，而不再企图用自己的故事去打断对方的话头了。当他匆匆忙忙去赶早班火车时忽然断了鞋带，在临时补救之后，他将想到在宇宙史中这件小事没有什么了不起。

这最后一句简直可以称为诗，宇宙之阔大，宇宙史之悠久与"断了鞋带"的事情之细小的强烈对我们的认知和感情造成了极大的冲击！这是典型的文学语言。从此，"宇宙史"这三个字将拜罗素之赐，会永远铭刻在我的心坎上，让它不停地冲走类似"忽然断了鞋带"或稍大、更大乃至大得更大更大的事情可能给我带来烦恼。"宇宙史"出自罗素胸襟之开阔，而以前这个词只是为我所知而已，现在却已开始为我所有，它将不断地拓展我原先相当狭窄的心胸，成为我精神世界的一个有机组成部分，从而不断地让我享受更多的快乐。这在本质上就是要真正地明白"一个人的自我决非这个世界十分重要的组成"，以防跌入以自我为中心的误区。事实的真相是世界并非以任何一个人为中心，这就决定了误认为世界以我为中心的人只能活在烦恼的迷雾之中，最终把自己活成一个不折不扣的悲剧，即使貌似权力无边的暴君也不例外。

这本书有许多比喻，它们正如颁奖词所说的"从文学的角度看也是令人倾倒的"。这里且举一二为例：

我认为，我们很有理由教男孩子自认为是一个出色的人。我不相信孔雀会忌妒其他孔雀的尾巴，因为每只孔雀都认为自己的尾巴是世界上最美的。正因为如此，孔雀才是一种性情温和的鸟类。试想一下，假如孔雀也相信骄傲不好，那它的生活将会何等不快。每当它看见别的孔雀开屏时，它便会自言自语道："我绝不能想象我的尾巴比它的美，因为那是自负的表现，但我多希望能够如此啊！这只可憎的鸟居然那样自信为美！我是否该把它的羽毛拔下来几根？也许这样一来，我就用不着再怕与之比较了。"也许它还会设下陷阱，证明它是一只坏孔雀，有辱孔雀的品行，并到领导面前去指控它。渐渐地，它会确定这样一个原则，就是尾巴特别美的孔雀几乎都是坏的，孔雀国贤明的统治者理应重用那种羽毛丑陋的谦卑的孔雀。这一原则若被接受，它便会将所有美丽的孔雀置于死地，最后，那真正漂亮的尾巴只能成为模糊的回忆。便是那道德幌子下的忌妒的胜利。但是，当每只孔雀都自认为比别的更美时，就无须这些迫害了。

　　这个比喻其实就是一则寓言。我之所以特别喜欢，除了因为它是"文学"的，还因为它也是"教育"的。在这方面，我们的教育亏欠我们的孩子真的是太多太多了，因为我们总是在有意无意地摧残孩子的自信："你不行，只有老师行""你不行，只有书本行""你不行，只有标准答案行"，等等。不少老师或家长还可能认为即使是虚伪的谦逊也比真实的自信要好，甚至好得多。现在真的到了该改一改的时候了。又如：

舆论对于那些显然惧怕它的人，总比对那些泰然处之的人更为专横。狗对于惧怕它的人，总比对藐视它的人叫得更响且更想去咬他。人类也有类似的特点。若你显得恐惧，他们便会穷追不舍，若你不去理睬，他们便会怀疑自己的力量而退避三舍。

还有比这更生动贴切的比喻吗？

　　本文决无降低纯文学的伟大的无可取代的作用的意思，只是想由《罗马史》《西方哲学史》等荣获诺贝尔文学奖的事实说明，文学与非文学之间并没有绝对的界线，我们千万不能无视这类作品的文学价值。

　　我能见到的《幸福之路》有吴默朗、金剑和傅雷的两种译本，我仅仅比较了它们开头的一小段，觉得内容相差甚小，而前者是横排本，就未用傅译。后来读到前者有个别的难解之处，才去和傅译比对，如：

　　　　亚历山大大帝具有疯子的心理，但他的才能使他实现了疯子的幻想。然而，他并不能实现他自己的幻想，因为他越成功，他的幻想也就越离奇。

　　上一句说他实现"了"幻想，紧接着的下一句又说"他并不能实现他自己的幻想"，似乎有点矛盾；于是查了傅译：

　　　　亚历山大大帝，心理上便和疯子同型，虽然他赋有雄才大略，能够完成疯子的梦。然而他还是不能完成他自己的梦，因为他愈成功，他的梦也愈扩大。

"能够"是指有做成此事这个能力，并不意味着已经做成了这件事。相比之下，傅译较为顺畅。又如：

> 对另一些人来说，人生是一系列不相关连的事件，既谈不到有指导的动作，也谈不到统一性。

何谓"有指导的动作"？不太好懂，傅译是：

> 在另一些人，人生是一串不相连续的事故，既谈不到有趣的动作，也谈不到统一性。

这就明白了。不过，傅译也有不尽如人意之处：

> 如果你看见一个孩子落水，并凭着救人的直接冲动去救他，那么你在道德上是无可指责的。反之，如果你先自忖道："救人是道德的一部分，我想做一个有道德的人，因此我必须救这个孩子"；那么事后你反倒不如以前。

最后一句，傅译作"那末事后你将比以前更降低一级"，"更"似乎意味着此人本来就处于较低的等级，所以事后才有"更降低一级"的可能——这样反而把事情弄复杂了，由于这里讲的是"心态"，倒是"那么事后你反倒不如以前"不涉及"级别"更清楚明白。

翻译是一种创造性劳动，建议以后课本中的译文，应以和原作者同样的位置标明译者的姓名。

附二：

论说之美

提 要

　　论说之美，最根本的是由于它是真理的光芒，发人深省，使人神往。它从错综混乱中找到秩序、规律，具有最大限度的简单明了性，具有朴素简洁之美。论说总是表现为一个探索、论证的过程，往往通过正与反、破与立、开与合、擒与纵、进与退、藏与露、虚与实之间的对立统一，形成一种动态平衡结构；特别是它所说的理渗透着情，燃烧着情，两者相生相成，相得益彰，表现了与之相应的爱憎、好恶、褒贬的倾向，使读者同时体验到理智的满足和感情的愉悦。由于论说归根结底是一种言语活动，论说之美必然依存于言语之美。

每当阅读优秀的论说文，那独具慧眼的观察、鞭辟入里的分析、新颖深刻的见解，不但使我们在思想上得到启发，认识上得到提高，而且也使我们在精神上得到愉悦，在感情上得到激励，甚至产生行动的渴望。优秀的论说文富于理论美，具有极高的审美价值。

论说文的理论美，不同于文学作品的形象美、意境美使读者如见其形，如闻其声，如临其境，却能使读者恍然大悟、豁然开朗、欣然诚服。众所周知，理论思维是人们认识自我、理解世界、"人化"自然的主要方式之一。自有人类以来，人们总是不断地追求真理、趋向真理、获得真理，于是社会不断进步，人类不断成长。优秀的论说文总是从新的方面，在新的层次上，把人们的认识引向新的高度和新的深度。理论美作为人的自由自觉活动的产物，既是对客观世界的规律、本质的新的发现，又是"人的本质力量的新的显现和人的存在的新的充实"（马克思：《1844年经济学—哲学手稿》，刘丕坤译，人民出版社1979年版，第85页），是人的本质力量对象化的结晶，成为人的本质力量的新的确证。理论美之所以美，最根本的是由于它是真理的光芒，发人深省，使人神往。"人是目的，不是手段"，康德的这一论断就像一座灯塔，多少年来照亮了人类文明发展的方向；"吃人"，鲁迅先生就是用这简简单单的两个字一针见血地揭示出了封建礼教的本质！而谎言谬论只能成为理论美的对立面而益见其丑，陈词滥调当然也和理论美没有丝毫的缘分。

理论美之所以美，还在于它本身的朴素简洁。它从错综混乱中找到秩序、规律，使之臻于和谐、达到统一，具有最大限度的简单明了性，从而使人们体验到理智的满足和感情的愉悦。例如关于人性善恶的问题，古今中外历来聚讼纷纭，莫衷一是，有关论著可谓浩如烟海。在上个世纪80年代，我对"毫不利己专门利人"产生了兴趣，读了不少相关的书籍，但困惑依然，甚至还有愈读愈糊涂的感觉。约1998年底，偶然在书店发现了于光远《我的格言和箴言》，书中说：大公有私，"这是毛泽东在1959年读《苏联政治经济学教科书》时讲过的一句话。他说'没有大公无私，只有大公有私'。我想补充一句，'大公有私'是社会主义者能够和应该达到的最高境界，对一般的人还不能这么要求"（《我的格言和箴言》，东方出版社1998年版，第119页）。他还表示了对"以公灭私""狠斗'私字'一闪念"的极端反感。顿时感到真话来了！好像有一道曙光照进了我的脑海，令我兴奋无比，立刻把书买回来细读。但书中相关论述只有这一篇300字不到的短文，语焉不详，未能完全解决我的疑难。后来我发现了王海明的有关论述，讲到人性的自私，讲到人的行为主观上必是为己，利他是就效果而言。当时我颇信服，只是觉得断言像谭嗣同这样在戊戌政变失败后毅然决然拒绝出逃求生的机会而慷慨赴死的根本目的是为了自己，实在有些不忍、不妥和不安。直到2005年读到了王海明的《人性论》，才觉得好像来到了阳光灿烂之所在。他说：

多年来我把行为根本目的与行为原动力混同起来，因而认为行为根本目的只能利己，是错误的。真理是：行为原动力只能利己。行为原动力与行为目的的区分，使我看清了人性最为重要的两个规律。一个是原动力规律：每个人的行为目的既可能自爱利己，又可能无私利他，但产生这些目的的行为之原因、原动力，却只能是利己。（王海明：《人性论》，商务印书馆2005年版，第5页）

谭嗣同狱中有诗云："有心杀贼，无力回天，死得其所，快哉快哉！"杀贼回天，是他的自觉目的，并无任何自私的成分；但若只是因此目的而就死，我以为临死决无"快哉快哉"的感受，只要是一个人，大刀即将劈向他的颈项时，决不求饶是可能的，"痛快"似乎不可想象。而谭翻同是觉得今天终于能够完全实践自己的人生价值观，才能在刑场上见到同志头落血喷时朗吟这十六字的千古绝唱！为了实现自己生命的价值，因而从容就义。因为他坚信"各国变法，无不从流血而成，今中国未闻有因变法而流血者，此国之所以不昌。有之，请自嗣同始！"在人性善恶问题上，将行为原动力与行为目的加以区分，这一见解既新颖深刻，又朴素简洁，具有极强的说服力。我们不能不为之折服叹赏！

而且，优秀的论说文往往都并不只是向读者简单地告知某一道理，而是表现为一个探索、论证的过程。这一过程往往不是直线进行的，而是曲线发展的。如音乐的节奏那样有快有慢，有长有短，如同绘画的运笔那样有疏有密、有浓有淡，显得婀娜多姿，新奇迭出。每篇优秀的论说文也都自成一个虽然大小不一但都完整统一的体系，它往往不是平面的，而是立体的，如同建筑艺术那样，有的雄伟，有的庄严，有的奇异，有的秀雅，但都体现了适用和美观的统一。例如《过秦论》，我们可以借用周振甫在《文章例话》中所作的分析进行说明。它开头写秦国凭借形势之优越，想统一天下，像大海波涛的冲击，席卷而下。接着写小国连横抗秦，极力写九国的声势，用来抬高秦国的力量，造成了一个更高的浪头。接下来写秦始皇，"吞二周而亡诸侯，履至尊而制六合"，一直到"子孙帝王万世之业"，又卷来一个更高的浪头。再转到陈涉，写陈涉极弱，显得秦始皇极强，可是强秦反为微弱的陈涉所败。这一段好比三峡在波涛奔腾中，忽然有了澄潭，浪涛低落下去，构成一个旋涡。在这旋涡里将九国的强盛而失败，同陈涉的微弱而成功，互相对照，并用"天下云集响应，赢粮而景从"的山东豪杰并起来补充陈涉的微弱，在这两股激流的回旋中，提高了水位，从而落到了秦朝的灭亡是由于"仁义不施，而攻守之势异也"，显得非常有力。的确，像《过秦论》这样的论说文，由于它的论证过程和逻辑结构显示了一种特殊的"形象"，不但有一定的认识价值，而且富于审美价值。

欣赏何怀宏《生命的幸运》，则好像是一次愉快、充实的登山体验。如所周知，登山队要把路程分解成几段目标，采用"结组"方式循序前进。作为先遣队的第一组是两个女孩子，第一个讲了她出生"之后"有过的四次"蒙难"，譬如一次掉进了深潭，幸亏被妈妈一手拉住。她一出发就先占领了四个小小山包；刚刚驻足，另一位就紧跟上来了，说在还没有出生"之前"，"我"就有过两次生命危险，其中一次是外婆在战场上差点被子弹打中，倘若打中，外婆没有了，也就没有了"我"妈妈，哪里还会有"我"？——她也跨过两座山坡，登上了一个新的高度，于是她俩就此交谈心得："她们共同的结论是：活到现在真不容易。"并且第一次眺望山顶风光："确实，生命是一个幸运，甚至于，是一个奇迹。"接着队伍大大扩大了，包括进了"我们每一个人"。先遣队的所获是我们"已知"的危险，不管是在出生"之后"还是"之前"；下面所经历的是我们所"未知"的危险，但接连三个"也许"却是化险为夷，讲的都是你的"幸运"。因为可能那天"有一个喝醉了酒的司机在那条路口开车撞倒了一个人"，而你，也许没有出门；出门了，也许"走的是这条路而不是那条路"；即使走的是那条路，"但你在那条路口前停了停，而没有照直往前走"。然而越看越为自己捏一把汗，这只要反过来想一想就会明白：你那天出门，出门走那条路，没有在那条路的路口前停一停，等等，都是大概率事件啊！作者作为一个登山向导，就这样领我们在不知不觉间走过了一条充满危险的上山小路，到达了更加接近峰顶的高度。此时此刻，向导警告我们，刚才所经历的都是"出生以后"我们所不知道的危险，并指给我们看那"出生以前"的危险，又是一连四个"也许"，都是"没有"发生而实际上极有可能发生的、看似"微小"而实际上可能于你关系极为重大的事情：这是一条始于前面已经走过的路之终点、直接通向峰顶的随时可能让你送命的崎岖险路。由于这些可能的危险都在出生之前，似乎"我"不可能感到自己的不幸，但高明的导游仿佛已经猜中我们的心思，于是提出了这样两个问题："那所有本来有可能出生，却还是没有出生的'人们'如何能感到自己的不幸呢？而又有多少有潜在的生命可能、却终于没有出生的'人们'呢？"意在提醒我们务必意识到自己的幸运。这时原来离峰顶只有一步之遥，好像登山者回头一望，不由得会发出一声惊叹：真的好险啊！这里的"如果"，可谓笔力千钧，让你顿悟"生命的幸运"，就在这时你已经登上顶峰了："珍惜它吧，你的生命，这是在无数的偶然性中、在各种各样的危险中很不容易才产生出来的、世界上最美丽的花朵！"

我国的书法艺术非常强调用笔，比如"落笔应无往不复，无垂不缩"（黄宾虹语），在往与复、垂与缩之间的对立统一中，表现出一种特殊的"笔力"。与此相类，优秀的议论文也往往通过破与立、开与合、正与反、擒与纵、进与退、藏与露、虚与实之间的对立统一，形成一种动态平衡结构，展示出一种特有的"气势"。如《伶官传序》，以庄宗之兴盛与衰亡互相对比，互相映衬，有抑有扬，欲抑先扬，同时以叙事与议论互相穿插，互相发明，虚实相间，以实务虚。作者的观点也就在虚实、抑扬之间由"虽曰天命，岂非人事"深化而为"忧劳可以兴国，逸豫可以亡身"，再深化而为"祸患常积于忽微，而智勇多困于所溺"（教学参考资料和一些分析文章以为作者在第一段就开门见山地提出了全文中心论点，这一说法至少是不全面的）。如《六国论》，或从肯定方面说，或从否定角度评；或总写赂者的破灭之道，或分述不赂者失败之由；或引用历史事实，或进行假设推理；或以比喻类推，或假形象刻画；或上下直接承接，或前后遥相呼应；或设问，或感叹……腾挪跌宕，多姿多彩。全文言在此而意在彼，藏而不露，引而不发，却更耐人寻味，发人深思。如《论雷峰塔的倒掉》，所论是倒掉之塔，但开头"听说"之后，却反过来说，即先说未倒之塔，并由塔写到人——造塔之人与被镇之人，又由人写到塔，在这一往一复之间，进而由过去盼它倒掉的希望写到现在果真倒掉的欣喜，再进而写到造塔之人之下场的可悲可笑。论题是塔，中心是人，主旨却是鞭挞封建余孽。如《拿来主义》，立拿来主义，却先从破"送去主义"入手，先破后立，以破为立，预作铺垫。一破一立，一反一正，这是全文的波澜。揭露"送去主义"的危害，竟先肯定"能够只是送出去，也不算坏事情"，欲擒故纵，以退为进……这些又是大波澜中的小曲折，咫尺之间，一片烟波，给人以丰富的美感。

以前人们往往以为论说文和文艺作品的主要区别就在于：一个是以理服人，一个是以情动人。甚至有人提倡写作论说文时应有不动感情不动声色，既不表现作者，也不理睬读者的所谓"零度风格"。其实，优秀的论说文同时也能使读者动情，优秀的文艺作品同时也能使读者明理，坚持"零度风格"决然写不出好的论说文。现代心理学告诉我们：不能把心智截然分割成情感生活和理智生活两个领域。皮亚杰认为：人的行为是一个整体，感情和理智生活相互联系、相互补充，"没有一个行为模式（即使是理智的）不含有情感因素作为动机"（皮亚杰，英海尔德：《儿童心理学》，商务印书馆1980年版，第118页）。情和理总是你中有我，我中有你，相关相连、难解难分的，是其所是，必然爱其所是、美其所是，非其所非，必然憎其所非、丑其所非。贾谊对仁义不施的暴秦的否定、憎恶，透露于《过秦论》的字里行间。它所说的理透着情，燃烧着情，理也因此而发出更加夺目的光辉。论说文的理论美，固然首先在于它对客观事物真假、是非、好坏、功过的剖析，论断是真实的、正确的、深刻的，同时也在于表现了与之相应的爱憎、好恶、褒贬的倾向，两者相生相成，相得益彰，总是一致的、和谐的。

前人说欧阳修的史论文字"遇感慨处便精神"（宋李涂《文章精义》五一），说的就是感情增添了议论的艺术魅力，这是一条普遍的美学规律，不独欧阳修为然。不过，感慨主要的并不像有人所说的那样是体现于用了"呜呼""嗟夫"等词语，而是通过别的因素，除了结构的安排，就是在说理、论证的过程之中对文字的驱遣。同一事实、同一思想既可以这样描述也可以那样表达，这主要取决于感情这一杠杆。《过秦论》头一段中"席卷天下，包举宇内"意思相同，"囊括四海之意，并吞八荒之心"意思相同，但这里用对偶的形式表现出来的重复，就有增强气势的作用。如果去掉《过秦论》中的对偶、排比等，从逻辑上看可能不会受到任何损害，但那气势那情韵可就消失殆尽了，文章必将黯然失色。古人以为"文以气为主"，在论说文中，"气"指逻辑的力量，也包括感情的力量，缺一不可。但感情应当受到逻辑的规范，不能贪图一时之痛快而泛滥无归。

论说文毕竟是说明客观的事理的，不能凭主观好恶加以篡改，但以什么样的精神状态去说，归根到底表现在以什么样的词语句子去说，而这却是大有讲究的。在论说文中，理论美依存于语言美。遣词造句的准确、生动能够给读者一种美的愉悦，但需作者付出咬文嚼字的辛劳。鲁迅的《二丑艺术》中有这么几句：

> 义仆是老生扮的，先以谏诤，终以殉主；恶仆是小丑扮的，只会作恶，到底灭亡。而二丑的本领却不同，他有点像上等人模样，也懂得琴棋书画，也来得行令猜谜，但依靠的是权门，凌蔑的是百姓，有谁被压迫了，他就来冷笑几声，畅快一下，有谁被陷害了，他又去吓唬一下，吆喝几声。

开头写义仆与恶仆两个分句，句式、字数两两相等，而接着写二丑的可就完全不一样了。前者的两两相等，正是为了突出义仆与恶仆其为仆的相同，下文写二丑的"不同"就用与上文"不同"的句式、字数：形式强化了内容。至于"冷笑几声，畅快一下"与"吓唬一下，吆喝几声"更是意味无穷，若是改成"冷笑几声，畅快一下"与"吆喝几声，吓唬一下"或"畅快一下，冷笑几声"与"吓唬一下，吆喝几声"，那就几乎索然无味了。

总之，理论美和形象美、意境美是有相同相似相通之处的。论说文也富有形象，不过它往往是间接的、潜藏的；论说文也富有感情，不过它往往不是直露的，而是内敛的。它们是构成理论美的不可或缺的两大要素。

漫话文学语言

尚文自署

下 编
· · · · · ·
文学语言笔记

《父亲的病》中有两个"我"

鲁迅的散文《父亲的病》，也许有的人会认为不是一篇好文章：题目是"父亲的病"，可一开始就离了题，没有交代父亲生的什么病，什么时候开始生的，等等；而是写医生，写的还是他过去的故事，篇幅占了几乎一页。不但开头如此，下文也不止一处跑题，例如清朝的刚毅练了一些兵为何取名"虎神营"，中西医有何不同，关于叶天士的故事，以及有关衍太太的部分等。这些可都是铁的事实呀，怎么也不能为尊者讳。——这可能是套用目前还在流行的《文章作法》一类的书所得出的结论，如果是高考作文，像这样的开头可能真的是非扣分不可的。但鲁迅不是参加高考，他写的是作为文学作品的散文，虽然可能貌似作文。既是文学作品，就应当允许多种解读。

我觉得他是借写父亲的病来写中国的病，字字燃烧着"哀其不幸，怒其不争"的感情之火。从文中，我们分明得知，当时的所谓中医还没有摆脱"巫"的影响，"医者意也"，"鼓胀病"就用打破的旧鼓皮制成"败鼓皮丸"来治，并且坚信可以治愈。由父亲的病说到"清朝的刚毅因为憎恨'洋鬼子'，预备打他们，练了些兵称作'虎神营',取虎能食羊,神能伏鬼的意思,也就是这道理"。这不是太自然,甚而至于太应该了吗?如此治病,焉得不死?如此治军,如此治国,焉得不败?最典型的莫过于陈莲河先生所说:"我想,可以请人看一看,可有什么冤愆……医能医病,不能医命,对不对?自然,这也许是前世的事……"所谓铁证如山是也。这样一看,文章多处宕开一笔,就都不但有了着落,而且都成了亮点。"这就是中国人的'命'",说得何等沉痛!

要读懂《父亲的病》的遣词造句,我觉得还应该指明一个事实,这就是文中实际上有两个"我":一个是当年服侍生病父亲的"我",一个是现在回忆当年情景的"我"。例如"我曾经和这名医周旋过两整年"句中前一个"我"是"现在"之"我","周旋"绝非少年的"我"所用的词,又如下文慨叹这名医"……那时虽然已经很有名,但还不至于阔得这样不耐烦;可是诊金却已经是一元四角。现在的都市上,诊金一次十元并不算奇,可是那时是一元四角已是巨款,很不容易张罗的了;又何况是隔日一次"等;另一个则是和这名医周旋的"我","我不知道药品,所觉得的,就是'药引'的难得,新方一换,就得忙一大场。先买药,再寻药引。生姜两片,竹叶十片去尖,他是不用的了。起码是芦根,须到河边去掘;一到经霜三年的甘蔗,便至少也得搜寻两三天。可是说也奇怪,大约后来总没有购求不到的"。分清两个"我",就比较容易进入文本的语言世界:

这样有两年,渐渐地熟识,几乎是朋友了。父亲的水肿是逐日利害,将要不能起床;我对于经霜三年的甘蔗之流也逐渐失了信仰,采办药引似乎再没有先前一般踊跃了。

当年"我"对父亲的感情倾注在"踊跃"两字中，是"信仰"而不是立在理性基础上的"信念"，"再没有先前一般踊跃了"之前必加"似乎"，因为还是相当"踊跃"的。又如说，

中西的思想确乎有一点不同。听说中国的孝子们，一到将要"罪孽深重祸延父母"的时候，就买几斤人参，煎汤灌下去，希望父母多喘几天气，即使半天也好。我的一位教医学的先生却教给我医生的职务道：可医的应该给他医治，不可医的应该给他死得没有痛苦。——但这先生自然是西医。

这自然是后来之"我"说的。"可医的应该给他医治，不可医的应该给他死得没有痛苦。"这不但是孝道，而且更是人道。但衍太太是"精通礼节"的，她指示的是延长父亲临死时痛苦的封建礼教之所谓"礼节"，于是犯下了"我对于父亲的最大的错处"。封建礼教所谓孝道，有的实际上往往最为不孝。而且，好像现在仍然有不少人都在致力于延长亲人临终时的痛苦，或为博得"孝"名，或真是基于作为子女的愚昧。

鲁迅写《父亲的病》，也可以医我们自己的病。

完整易到，完足难求

记人叙事状物，一般情况下，语言当然要求完整，否则意思就会残缺。如萧红的《回忆鲁迅先生》："鲁迅先生喜欢吃一点酒，但是不多吃，吃半小碗或一碗。鲁迅先生吃的是中国酒，多半是花雕。"这最后五个字就不能没有，没了，就不完整了。但值得特别提出来说一说的是，语言表达的神气完足与否的问题。完整与否，从语言表达看是对与错的问题，而完足与否着重的不是意思是否完整，而是语言表达的神情语气，是好与坏的问题。还是举萧红的这篇文章中的例子：

鲁迅先生走路很轻捷，尤其使人记得清楚的，是他刚抓起帽子来往头上一扣，同时左腿就伸出去了，仿佛不顾一切的走去。

末尾"仿佛不顾一切的走去"即使删去，意思也仍然是完整的，但语言表达的神情语气却未到位，让人感到"味道"不足。但此不足是比较出来的，倘若作家压根儿没有这样写，也许我们就不会给出"没有到位"的评语。文学语言就讲究语言神情气势的完足。下面还是举萧红《回忆鲁迅先生》中的例子：

这商人可真怪，怎么专门走地方，而不做买卖？并且鲁迅先生的书他也全读过，**一开口这个，一开口那个**。

鲁迅先生知道自己的健康不行了，工作的时间没有几年了，死了是不要紧的，只要留给人类更多，**鲁迅先生就是这样**。

加黑的部分之有无，与意思完整与否关系不大，对于语言的神情气势却生死攸关。

再看萧红的《饿》：

我很有把握，我简直都不用算一算就知这些样菜也超不过一角钱，因此我用很大的声音招呼，**我不怕，我不怕花钱**。

最后的加黑部分，似乎是多出来的赘疣，但却有点铁成金的功效，有与无相差大了去了。

有时，完整和完足确实难以分割，如：

（一个女人站在一家药店门口讨钱，手下牵着孩子，衣襟下裹着更小的孩子。）药店没有人出来理她，过路人也不理她，都像说她有孩子不对，都像说她穷就不该有孩子，**有也应该饿死**。

第二次又打开门，这回我决心了：偷就偷，虽然只是几个列巴圈我也偷，为着我饿，为着他饿。第二次我又失败，那么不去做第三次了！下了最后的决心爬上床，关了灯！推一推他，他没有醒，我怕他醒，怕他看见我要偷别人的东西，在偷这一刻，他也是我的敌人，**假若我有母亲，母亲也是敌人。**

前一句有了加黑的字，"我"对药店里的人和过路人冷漠、铁石心肠的愤慨的表达完整的同时，神气也完足了。后一句加黑的字其实也是对饥饿带来的激愤的一种发泄，要如此这般喊出来才过瘾——完整、完足同时臻于极致。

语言表达的神情气势完足与否其实也是作家才气大小、水平高低的重要标志之一。

《同学少年都不贱》片谈

张爱玲这部中篇的题目，出自杜甫的《秋兴八首》其三，但改了一个字，易"多"为"都"。原作是：

千家山郭静朝晖，日日江楼坐翠微。
信宿渔人还泛泛，清秋燕子故飞飞。
匡衡抗疏功名薄，刘向传经心事违。
同学少年多不贱，五陵衣马自轻肥。

扑面而来的是不满、牢骚，甚至还有怨愤以及对同学少年的责怪。这是就整首诗而言，至于把其中"同学少年都不贱"一句独立出来，就可以有多种新的解释，譬如对往日的同学少年不是责怪，而是羡慕，或是调侃，或是自豪，甚至可能是妒忌，等等；但有一点似可肯定，"不贱"说的是他们，而不是自己，自己呢，是少数不"不贱"者之一。易"多"为"都"，就变成了不"不贱"者只"我"一人，这就增加了"我"茕茕孑立的孤独味道。联系小说，怎么样呢？一言难尽。

贱，还是不贱？恩娟的丈夫是美国入阁的高官，自是不贱；若以此为标准，孑然一身且靠翻译度日的赵珏，当然是难以望其项背，但若谓之为贱，却又极不合适。想起或见到"同学少年都不贱"，从赵珏的心态看，她更不自以为贱；但说是为之庆幸、对之艳羡那也未免离谱。小说关于她俩复杂微妙的心理剖析和生动幽默的语言表达，无疑是作品最为成功之处。小说一开头就写道：

> 起先简直令人无法相信——犹太人姓李外的极多，取名汴杰民的更多。在季辛吉国务卿之前，第一个入内阁的移民，又是从上海来的，也还是可能刚巧姓名相同。赵珏看了时代周刊上那篇特写，提到他的中国太太，又有他们的生活照，才确实知道了。
>
> "还是我一句话撮合了他们。"她不免这样想。
>
> 当然，人总夸张自己演的角色的重要性。恩娟不跟她商量，大概也会跟他好的。那时候又没有别的男朋友，据她所知。

这是赵珏作为同学少年的第一反应，我以为很自然很正常，"还是我一句话撮合了他们"，含有为恩娟庆幸的意思；不过把他们的结合归功于自己的撮合，当有夸张的成分，因此说她"不免"这样想，毕竟她热情地撮合过；但随即想到"恩娟不跟她商量，大概也会跟他好的"，她毫无居功之意，也没有就此想得更多更远，例如恩娟应该感念自己等，仅此而已：赵珏这个人的个性就初步呈现出来了。前有"不免"，后有"大概"，作者下笔极有分寸。当初，"赵珏出了大陆写信去，打听去美国的事。恩娟回信非常尽职而有距离，赵珏后来到了美国就没去找她。汴是在那大学读博士，所以当时只有恩娟一个人做事"，到"她跟萱望分居那时候在华府，手里一个钱都没有，没有学位又无法找事，那时候也知道恩娟也在华府，始终也没去找她"，赵珏"始终"既自尊又很体谅昔日的同学少年。过了十多年，她终于又一次写信给她了，原因不外乎托她找事。但时机的选择，她是有讲究的，"是刚巧住在这文化首都，又是专供讲师院士住的一座大楼，多少称得上清贵。萱望（赵的同居情人）回大陆了，此地租约期满后她得要搬家。要托恩娟找事，不如趁现在有这体面的住址"。不单单是心细，更关乎"体面"。

> 她信上只说想找个小事，托恩娟替她留心，不忙。没说见面的话。现在境遇悬殊，见不见面不在她。
> 恩娟的回信只有这一句有点刺目："不见面总不行的。"
> 显然以为她怕见她，妒富愧贫。

在我看来，恩娟这似乎就有点不够意思，"不见面总不行的"显然有多种另外的表达，如"还是见面细谈为好"，还可以再加上一句"再说我们也已暌违多年"云云。而赵珏也曾想"是否要有个第三者在场，怕她万一哭诉"。总之，两人有所隔阂是铁板钉钉的了。——作者在这方面的感觉是极为敏锐细腻的。例如，告别时——

> "我送你到车站。"
> "住在两个地方就是这样，见面难。"
> "也没什么，我可以乘飞机来两个钟头就走，你带我看看你们房子，一定非常好。"

恩娟淡淡的笑道："你想是吗？"这句话似乎是英文翻译过来的，用在这里不大得当，简直费解。反正不是说"你想我们的房子一定好？"而较近"你想你会特为乘飞机来这么一会？"来了就不会走了。

赵的台词比较自然，恩娟的答语和她的心理活动则特别精彩，这"不大得当，简直费解"以及对"费解"之解当然也都是作者的创造，虽"不大得当"却也不是不接榫，这就是艺术！又如：

她又从冰箱里取出一盅蛋奶冻干，用碟子端了来道："我不知道你小女儿是不是什么都吃，这我想总能吃。也是那家买的。"

说得那么周到，那么体贴，那么婉转，真是百炼钢化为绕指柔。而"人穷了就随便说句话都要找铺保"，虽愤慨不平却出之以幽默，何其老辣！不过底里又不知有多少刻骨的辛酸！将结束时——

赵珏不禁联想到听见肯尼迪总统遇刺的消息那天。午后一时左右在无线电上听到总统中弹，两三点钟才又报道总统已死。她正在水槽上洗盘碗，脑子里听见自己的声音在说：
"肯尼迪死了。我还活着，即使不过在洗碗。"
是最原始的安慰。是一只粗糙的手的抚慰，有点隔靴搔痒，觉都不觉得。但还是到心里去，因为是真话。

"脑子里听见自己的声音在说"，颇有魔幻色彩，可见笔法多姿多彩，至于"在说"的那句话更是神来之笔，特别是它和题旨有着深层次的联系，肯尼迪虽然贵为一国总统，但"我"的寿命却比他长；同学少年虽不贱，但不"不贱"的"我"不是也活得好好的吗？"但是"，人生免不了"但是"，只不过有的好有的坏而已。且看赵珏这一次的"但是"：

> 但是后来有一次，她在时代周刊上看见恩娟在总统的游艇赤杉号上的照片，刚上船，微呵着腰跟镜头外的什么人招呼，依旧是小脸大酒窝，不过面颊瘦长了些，东方色彩的发型，一边一个大辫子盘成放大的丫髻——当然辫子是假发——那云泥之感还是当头一棒，够她受的。

人毕竟是人，周旋于人间烟火中，即使再从容淡定，所谓云泥之感也是在所难免？我本来觉得赵珏似乎有点像张爱玲自己，读到这里，却就全然不像了。

有报上的评论文章说这是一篇"未完成"的小说，这就未免有点离谱。"但是……"一段是全文的结束，小说以《时代周刊》上的照片始，以《时代周刊》上的照片结，首尾呼应，简直天衣无缝，怎么能说是"未完成"的作品呢！

以前道听途说得来的印象是，张爱玲晚年穷愁潦倒，孤苦伶仃，是让人同情的对象。现在方知错了，她晚年的生活虽不能说尽如人意，也确实是孤单一人，但衣食无忧，死时还有30多万美元的存款；特别是她从不顾影自怜，自怨自艾，也不怨天尤人，毫无愤愤然恨恨的样子。她有尊严地独自活着，随遇而安，写作、翻译，绝少麻烦别人；到了自觉死神将临之时，从容淡定地安排好自己的后事，死得非常"安详"（这是她死后赶到的朋友见到她遗容时的印象）。联想她一生转折关头所作出的抉择，尤其是她对爱情婚姻的态度，又特别是跟胡兰成分手时所表现出来的洒脱，我觉得，她作为一个作家，是优秀的；作为一个人，更是值得尊敬的。她不容易，但难能可贵的是，她自己并没有"不容易"的感觉。联系"同学少年都不贱"的"不贱"，也可用于张爱玲自身，她虽然不富不贵，却也同样"不贱"，因其精神，因其人格。她不以不富不贵为憾，一路走来，真正实现了自己少年时的梦想。

朱自清的优势不在设比

不知从何产生的印象：朱自清的散文喜欢设比，而我却不怎么喜欢他的这类作品。

我十四五岁上普师（现在都叫"中师"了）时，正做着文学梦。记得学校极小的图书馆里居然有一套人民文学出版社出版的"新文学选集"，便一本一本地借出来，课余就到附近田野间的褐色巨岩下神游其中。记得《朱自清选集》里我印象最深的就是《背影》和《给亡妇》，最近重温《朱自清散文集》，发现这两篇都没有比喻；进而发现他的散文没用比喻的一般都比用了比喻的要好。《飘零》《哀魏杰三君》《白采》都是上乘之作，都无比喻，也属上乘的《儿女》实际上只有一处设比："我结婚那一年，才十九岁。二十一岁，有了阿九；二十三岁，又有了阿菜。那时我正像一匹野马，那能容忍这些累赘的鞍鞯，辔头，和缰绳？"，还算精彩。《谈抽烟》的一例似乎更好："黄昏来了，屋子里的东西只剩些轮廓，暂时懒得开灯，也可以点上一支烟，看烟头上的火一闪一闪的，像亲密的低语，只有自己听得出。"我也曾是一杆老烟枪，虽然戒了已近七年，但一听见这"亲密的低语"，还是禁不住报之以会心的一笑。不过，他的不少比喻似乎都还有进一步推敲的余地。如《冬天》：

> 说起冬天，忽然想到豆腐。是一"小洋锅"（铝锅）白煮豆腐，热腾腾的。水滚着，像好些鱼眼睛，一小块一小块豆腐养在里面，嫩而滑，仿佛反穿的白狐大衣。

"鱼眼睛"，我觉得没有美感，"白狐大衣"，并不十分贴切，都大大减弱了我对这锅热腾腾白煮豆腐的向往，说得严重点，简直破坏了我的食欲。又如《一封信》：

> ……现在终日见一样的脸板板的天，灰蓬蓬的地；大柳高槐，只是大柳高槐而已。于是木木然，心上什么也没有：有的只是自己，自己的家。我想着我的渺小，有些战栗起来，清福究竟也不容易享的。
>
> 这几天似乎有些异样。**像一叶扁舟在无边的大海上，像一个猎人在无尽的森林里。**走路，说话，都要费很大的力气：还不能如意。心里是一团乱麻，也可说是一团火。似乎在挣扎着，要明白些什么，但似乎什么也没有明白。

我之所以引得长了一点，是想向各位请教：加黑的比喻句是否有点上不挨天、下不着地的感觉？上文如果紧接"有的只是自己，自己的家。我想着我的渺小……"，那还算可以，可是"这几天似乎有些异样"已经把它给否定了。倒数第二段又重提这个比喻：

> 南方这一年的变动，是人的意想所赶不上的。我起初还知道

他的踪迹：这半年是什么也不知道了。他到底是怎样地过着这狂风似的日子呢？我所沉吟的正在此。我说过大海，他正是大海上的一个小浪；我说过森林，他正是森林里的一只小鸟。恕我，恕我，我向哪里去找你？

"他到底是怎样地过着这狂风似的日子？"我觉得小浪在大海，小鸟在森林，不正"得其所哉"吗？其他如《歌声》：

> 昨晚中西音乐歌舞大会里"中西丝竹和唱"的三曲清歌，真令我神迷心醉了。仿佛一个暮春的早晨，霏霏的毛雨默然洒在我脸上，引起润泽，轻松的感觉。新鲜的微风吹动我的衣袂，像爱人的鼻息吹着我的手一样。

"霏霏的毛雨默然洒在我脸上，引起润泽，轻松的感觉"，犹可。"新鲜的微风吹动我的衣袂"，怎么就"像爱人的鼻息吹着我的手一样"？难以想象。而有的比喻似乎新意无多，如《绿》写梅雨亭"仿佛一只苍鹰展着翼翅浮在天宇中一般"，当本自《醉翁亭记》的"有亭翼然"；《怀魏握青君》"只有黄酒，如温旧书，如对故友，真是醇醇有味"，似与《三国志》"与周公瑾交，若饮醇醪，不觉自醉"相关。

我总觉得《荷塘月色》《歌声》《绿》《匆匆》《春》等篇似乎用力过了一点，多少有点雕琢的痕迹，不如《背影》《给亡妇》《飘零》等清新素朴自然。

朱自清的优势在白描

朱自清散文的优势不在比喻，而在白描。他常常能够把笔下的一个个文字变成一只只眼睛，让你通过它们看见人物的神情言语行为举止，从而窥见人物的情感世界，并且引起你的共鸣。作为写作艺术，这是很不容易达到的境界。如《背影》：

　　……走到那边月台，须穿过铁道，须跳下去又爬上去。父亲是一个胖子，走过去自然要费事些。我本来要去的，他不肯，只好让他去。我看见他戴着黑布小帽，穿着黑布大马褂，深青布棉袍，蹒跚地走到铁道边，慢慢探身下去，尚不大难。可是他穿过铁道，要爬上那边月台，就不容易了。他用两手攀着上面，两脚再向上缩；他肥胖的身子向左微倾，显出努力的样子。这时我看见他的背影，我的泪很快地流下来了。我赶紧拭干了泪，怕他看见，也怕别人看见。我再向外看时，他已抱了朱红的橘子往回走了。过铁道时，他先将橘子散放在地上，自己慢慢爬下，再抱起橘子走。到这边时，我赶紧去搀他。他和我走到车上，将橘子一股脑儿放在我的皮大衣上。于是扑扑衣上的泥土，心里很轻松似的。过一会说："我走了，到那边来信！"

这一段大家肯定已经非常熟悉了，几乎每一词每一句都是"眼睛"。它们是怎样成为眼睛的呢？我想先从不是"眼睛"的写法开始：

A：到了车站，送我上了车，他还穿过铁路，到那边月台上给我买橘子。

B：到了车站，送我上了车，他还穿过铁路，爬到那边月台上给我买橘子。他是一个胖子，又上了年纪了，从这边月台下到铁路，再爬上那边月台，买了橘子又是一个来回，真不是一件容易的事。

A已经把发生了什么事情说了，如此而已；我们由此所知道的，也不过如此。B比A稍稍具体了一些，让我们对这位父亲的爱子之心有所了解，却没有真切的感受，不会由此而感动。这些文字仅仅限于叙述，使我们对事情有所知罢了。朱自清的文字由叙述到描写，他选准了一个上了年纪的胖子下到铁路，特别是爬上那边月台的如何"努力"的三个动作写得一清二楚，没有修饰，没有夸张，老老实实地写，但写得非常具体。所谓"准"，是捕捉到了最能表现人物内心状态的神情举止，并及时按下快门，如此，文字也就魔术般地变成了"眼睛"。

这当然是文字功夫，却和写作者的思想情感息息相关。只有有心人才可能做到"准"，也只有有心人才能写得"细"。试举数例："穿着黑布大马褂"，显然是为了和上文"他给我做的紫毛大衣"呼应、对比。"将橘子一股脑儿放在我的皮大衣上"，再次提到"我的皮大衣"，"一股脑儿"，不给自己留下一个之谓也。"心里很轻松似的"，谁看得见？儿子，一个敏感的儿子。文学之所以是"人学"，以此也。

情感、性格的表现，文学有时往往能够胜过美术、音乐、摄影等等，其奥秘就在于文学能够把文字变成"眼睛"，任你深深藏在心底的甚至连自己都没能觉察到的细波微浪，都能被文字的眼睛看得一清二楚，或表现得淋漓尽致。何谓"漠视"？且看朱自清《憎》里的一段：

> 这便是遍满现世间的"漠视"了。我有一个中学同班的同学，他在高等学校毕了业，今年恰巧和我同事。我们有四五年不见面，不通信了；相见时我很高兴，滔滔汩汩地向他说知别后的情形；**称呼他的号**，和在中学时**一样**。他只**支持着**同样的微笑听着。听完了，**仍旧支持那微笑**，只用极简单的话说明他中学毕业后的事，**又称了我几声"先生"**。我起初不曾留意，陡然发见那**干涸**的微笑，心里先有些怯了；接着便是**那机器榨出来的**几句话和"敬而远之"的一声声的"先生"，我全身都不自在起来；热烈的想望早冰结在心坎里！可是**到底**鼓勇说了这一句话："请不要这样称呼罢；我们是同班的同学哩！"他却笑着不理会，只含糊应了一回；**另一个"先生"早又从他嘴里送出了**！我再不能开口，只蜷缩在椅子里，眼望着他。他觉得有些奇怪，起身，**鞠躬**，告辞。我点了头，让他走了。这时羞愧充满在我心里；世界上有什么东西在我身上，使人弃我如敝屣呢？

引文中我加黑的部分，并不说明只有这些部分不可"漠视"，其实其中任何一个字都少它不得，文学的文字是一个生命体，哪能随意宰割？加黑，是希望加以特别的注意而已。其中，关于"鞠躬"还得啰嗦一句：从字面看，这是敬重，实际上是对四五年前中学同班同学关系的一种否定；究其实质，仍然是对"我"的"漠视"。

《天鹅之死》语言的味道

汪曾祺的语言艺术成就很高，他小说的语言风格也极为鲜明，如有的学者说："读汪曾祺小说总给我们一种恬静、闲适、淡远的味道。"另有学者认为："他的小说是由散文化的形式、诗意化的韵味融合而成的一种新小说——散文诗体小说。"但事情总有例外，譬如陶渊明的《闲情赋》，其风格之浓艳就既有别于"采菊东篱下"，也不同于"刑天舞干戚"，之所以被视为"白璧微瑕"，因内容也，而非形式或风格。汪曾祺的小说《天鹅之死》显然在"总"之外，而且似乎更像散文诗，而不是"散文诗体小说"。我觉得它不在汪曾祺最好的小说之列，在我眼前一亮的既不是它的情节，也不是它的人物，而是语言。且摘引如下两段：

> 白蕤去看乌兰诺娃，去看天鹅。大提琴的柔风托起了乌兰诺娃的双臂，钢琴的露珠从她的指尖流出。她的柔弱的双臂伏下了。又轻轻地挣扎着，抬起了脖颈。钢琴流尽了最后的露滴，再也没有声音了。天鹅死了。

白蕤象是在一个梦里。她的眼睛里都是泪水。她的眼泪流进了她的梦。

大提琴的琴声变成了柔风，钢琴的琴声变成了露珠，两个喻体能不能对调一下？绝对不能！前者是弓在弦上拉出来的，后者是手指在钢丝上敲击出来的，所以一个是持续的柔风，一个是一滴一滴的露珠。柔风才能托起舞者的手臂，露珠才能在指间流出。她看的时候像在梦里，因为演出实在太美了，就像她以前无数次的想象，现在她也分不清是在梦里，还是在现实的想象中。我们从"她的眼泪流进了她的梦"可以想象，看了演出之后她已下定了她要演《天鹅之死》，她要实现她的这一梦想。"她的眼泪流进了她的梦"，上承"她的眼睛里都是泪水"，因为她被深深感动了；正因为被感动了，她才会有演出《天鹅之死》的梦想。这样的表达太形象了，太紧凑了，太自然了。这就是诗！

白蕤考进了芭蕾舞校。经过刻苦地训练，她的全身都变成了音乐。

她跳《天鹅之死》。

大提琴和钢琴的旋律吹动着她的肢体，她的手指和足尖都在想象。

全身变成音乐，简直是天才的表达，全身都美，从内到外，灵魂和肉体无一不美；再说也很贴合这一情境，因为她要随曲起舞，所以下文大提琴和钢琴的旋律才能吹动她的肢体，由此也可想见她的演出就是两支乐曲的和谐合奏，两个旋律的完美交融。

《天鹅之死》的语言就是诗的语言，因其内涵丰富，因其表达凝练，因其节奏生动。但也有让人感到有那么一点点雕琢的痕迹，从总体看，汪曾祺风格"恬静、闲适、淡远"的小说似乎更好一些。

无月不柔婉?

　　凑巧得很，近日连续看了几篇散文，都离不开月亮、月光、月色，而且风格都挺柔婉的。于是心里不免产生这样的疑问：难道是无月不柔婉？——不是凡月都柔婉，而是文章写月方柔婉？然则，真是写月就柔婉？倒也未必。月不解柔婉，柔婉是我们人看出来、写出来的。朱自清《荷塘月色》："月光如流水一般，静静地泻在这一片叶子和花上。"——"静静地泻在这一片叶子和花上"，柔婉！但，是人把月光比作"流水一般"它才"泻"出来的；"弯弯的杨柳的稀疏的倩影，却又像是画在荷叶上"，也够柔婉的，这也是人在想象里把它"像"出来，"画在荷叶上"的。古今中外，没人说太阳柔婉的，看来月和柔婉有着某种先天的缘分，它有柔婉的DNA，而太阳则无。柔婉在人的心里、眼里，特别是在笔下，应该说是人发现了月之柔婉，并将之形之于笔墨。在人和月之间，人是主动者、主角，而月则是配角，虽然不可或缺。或者说人是导演，月为演员。

　　下面就席慕蓉的一篇《有月亮的晚上》申说之。

　　此文可谓字字柔婉，句句柔婉，不，应该说是柔婉流动于字字句句当中，单独从一字一句看，难以贴上柔婉的标签，但放回段落里，也就自然成了柔婉的体现者，若缺了它还真不行。限于篇幅，只能举例为证。"海就在山下，走过这一段山路，我就可以走到台湾最南端的海滩上。夜很深了，路上寂无一人，可是我并不害怕，因为有月亮。"月亮一出，柔婉不招自来。"因为有月亮"，是交代"我并不害怕"的缘故。这由五个十分普通平常的字眼组成的一句极为朴素率真的话，让读者相信，只要有月亮，即使"夜很深了"，即使"路上寂无一人"，她就不用也不必害怕了。说得那么干脆直白，仿佛月亮就是她的知交，她的爱人，或是她的父母，她的师长，因此丝毫不必有任何怀疑，因为任何怀疑都是一种亵渎。这是何等的信任，何等的深情！我要强调的是，这种对月亮的信任，这种对月亮的深情，就是一种柔婉！"因为有月亮"这样的表达，也就是一种柔婉！

这样的月夜是不能等闲度过的：在这样的月夜里，很多忘不了的时刻都会回来，这样的一轮满月，一直不断地在我的生命里出现，在每个忘不了的时刻里，它都在那里，高高地从清朗的天空上俯视着我，端详着我，陪伴着我。

这是对"信任""深情"的进一步深入和展开。"这样的月夜"一再重复，尤其是"这样的一轮满月……一直不断……每个……都……"这些表示没有任何例外的完全周延的词语，从纵向、横向两个角度，从时间、空间两个视点，娓娓道来，倾诉了月亮和我的非同一般的关系，不离不弃，忠贞不贰，由"俯视"而"端详"而"陪伴"，步步深入，由笼统的看到仔细的看，由观望而行动，由高高天上而仿佛就在身边，由大家的朋友而好像是个人的闺蜜，这样的情意，或则说，这样的语言，能不柔婉吗？

下文由"很多忘不了的时刻"自然向"一个"过渡，更妙的是引出了"事情"，而最妙的是它和月亮的关系，是"月亮下的事情"，"事情"尚未出现，就已经抹上了月光，也就是柔婉的色彩。"那天晚上月亮就很亮"，后来又发现"月亮已经将整座山、整片草原照耀得如同白昼"，再到"年轻的心在那时都领会到一点属于月夜特有的那种神秘的美丽"，在这富于神秘之美的月夜，触动年轻的心的最柔婉的那根弦终于被拨动了……

　　"快啊！席慕蓉，我们等你！"
　　我怔了一下，不知道他怎么会晓得我的名字的。我只知道他是在苏黎世大学读工科的一个中国同学，白天上课时他总是坐在角落里，从来没和我说过一句话。那时候，我连他姓什么也不清楚，而在他回过头来叫我的那一刹那，我却忽然觉得有一种似曾相识的感觉。月光下他微笑的面容非常清晰，那样俊秀的眉目是在白昼里看不到的。我说不出来是什么原因，可是，在那天晚上，月下的他回头呼唤我时的神情，我总觉得在什么时候见过一样的：一样的月、一样的山、一样的回着头微笑的少年。

为了这"一刹那"，作者竟然费了那么多文字。柔婉的夜，柔婉的月，柔婉的镜头，特别是柔婉的感觉，一似事前约定了一般，全都在"一刹那"出现了，就像张爱玲在《爱》里所写的"于千万人之中遇见你所遇见的人，于千万年之中，时间的无涯的荒野里，没有早一步，也没有晚一步，刚巧赶上了"，简直就是宝黛初见的现代版："……黛玉一见，便吃一大惊，心下想道：'好生奇怪，倒像在那里见过一般，何等眼熟到如此！'"我绝对不相信席慕容这是受到《红楼梦》的影响或启发，她写的就是当时的真情实感。这是普天下所有年轻男女都不陌生的情感经验吧！"我总觉得在什么时候见过一样的：一样的月、一样的山、一样的回着头微笑的少年。"还有比这更柔婉的文字吗？月光，使得"他微笑的面容非常清晰"，因为"那样俊秀的眉目是在白昼里看不到的"……这一切都发生在月光之下，都拜月光之赐，由此我们几乎可以断定：正是月亮月光月色成就了这"一刹那"，啊，天上柔婉之月，心头柔婉之情，笔下柔婉之语一同铸造了这动人心弦的柔婉的一幕。

事情到此该结束了吧，文章到此也该结束了；可是，造化弄人，偏偏没有。他们还有再一次的见面，"男的"已经有了夫人。他们无法说得更多，特别是他对那"一刹那"的忘却所带来的怅惘又一次酿造出了柔婉。下面的文字更是怅惘中的怅惘，柔婉中的柔婉：

> 当然，我没有说，我只是再和他们寒暄几句就握别了，听男的说他们可能要再出国，再见面又不知道会是哪一年了。当时，在他们走后，我只觉得可惜，如果能让他知道，在如水般流过的年华里，有一个曾经那样清晰地记得他年轻时某一刹那里的音容笑貌，他会不会因此而觉得更快乐一点呢？

杜诗云："更为后会知何地，忽漫相逢是别筵。"真的，"再见面又不知道会是哪一年了"，伤感之情溢于言表，骨子里是依依惜别，不愿分手。既然必得分手，她想到的竟然还是他，他的感受，他的快乐！啊，柔婉如此，可谓刻骨销魂！不知读者注意到了没有，她在此处，有意写了一个因残缺形成的病句："有一个曾经那样清晰地记得他年轻时某一刹那里的音容笑貌"——"有一个"谁？什么人？作者没有说不是作者一时疏忽，只是不便或说不好意思写出来罢了。铭刻在心灵最深处的"一刹那"！永恒的"一刹那"！它总是不断地折磨那些深于情的人。段末自然似还可以再补一句这样意思的话：当然我是"会因此而觉得更快乐"的，"一点"删去也罢。

然而这是绝无可能的。文章最后又回到当下向海边走的"我"。

心里觉得有点好笑，原来，不管怎么计划，怎么坚持，美丽的夜晚仍然要就此结束，仍然要以回到房间里，睡到床上去作为结束。这么多年来，遇到过多少次清朗如今夜的月色，有过多少次想一直走下去的念头，总是盼望着能有人和我有相同的感觉，在如水又如酒的月色里，在长满萋萋芳草的山路上，总是有人陪着我一直不停地走下去，走下去，让所有的事物永远不变，永远没有结束的一刻。

而发觉"从来没有一次能如愿"之后，她开始强自宽慰，毕竟"不必"如此。我们读者还没来得及在心里接着宽慰她的时候，她居然跃进了一个全新的境界："我想，在我自己的如水般流过的年华里，也必然会有一些音容笑貌留在一些不相干的人的心里了吧。"她这样说："只要能留下来，就是留下来了，不管是只有一次或者只有一刹那，也不管是在我知道的人或者不知道的人的心里。"这是更高层次更有分量的柔婉，我觉得，这就是所谓的神来之笔！

全文结于"月亮在静静地端详着我，看我微笑地一个人往来路走回去。"堪称完满，完美。

无月不柔婉？当然不是。我和西渡等年轻朋友一起编写的《现代语文中学读本》（漓江出版社 2012 年版）有一个文学风格单元，其中有一个名为"杨柳依依"的柔婉专题，三篇里选文里只有一篇写到一个小孩对他妈妈说："我做云，你做月亮。"三篇里一篇写母爱，一篇写童心，一篇写像雨般洒落的忧伤。柔婉何必月？柔婉看来是源于心灵中最柔软的部位，是和爱、和总是顾及别人的善良联系在一起的忧伤，正如席慕蓉在一首题为《诗的价值》的诗里所写的：

> 不知道这样努力地
> 把忧伤的来源转化成
> 光泽细柔的词句
> 是不是也有一种
> 美丽的价值

我觉得，不但是这样的诗，就是生活里一句平平常常的"不好意思"，也因出自对自己没有好好顾及他人感受之言行的敏感反应而值得珍惜。我们的生活里，需要爱，像需要空气和水，也难免忧伤；我们的文学里，也像需要爱一样需要柔婉，柔婉的情意，柔婉的语言。

杨更生《心灵风景》管窥

　　每当看了好的小说，我总是有好几天沉浸在小说的情调、氛围里难以自拔，因为"好的"往往是悲剧居多。重读是需要勇气的，因为它于我的心灵可能是一次虽富诱惑但又怕承受的"折腾"；而杨更生的小说《心灵风景》结尾虽有忧伤悲凉的意味，却是诱惑大过惧怕。个中原因，固然跟我的经历与小说里的学生和老师的经历有交集相关，所由引起的回忆、联想、对比、感慨等等往往比较亲切，但最主要的则是深受小说主人公尤昙华老师的形象的感染，他的灵魂，他的魅力，就源自他由内而外的教育爱这一道特殊的心灵风景。小说的主旋律就是青春的美，教育的美。美，令人向往；同时教育爱正是我颇感兴趣的题目。于是，我很快就读了第二遍，而且比有点狼吞虎咽的初读还要细一点、慢一点。

　　杨更生写作这部小说，当然不是为了阐释"教育爱"，否则它也不可能写得如此动人。小说主人公幼师三年级班主任、语文教师尤昙华的形象不是"教育爱"的注脚，他是一个有血有肉的活生生的人，这是小说艺术价值之所在，也是这部作品最为成功之处。让我惊叹不已的是：尤老师虽然是个只有二十几岁的年轻人，却能"从心所欲不逾矩",不逾"教育爱"之矩,一切都是自然而然,没有一丝一毫的矫揉造作。他不是先学了有关"教育爱"的理论,刻意去加以实践;爱教育,爱学生,对他来说完全是发自内心的"本能"之举,有如"条件反射"。因为是"本能"之举,就显得十分真切、非常自然,本然与应然融为一体,无法分离。这在作者是塑造人物形象,在读者心目中却总是闪烁着"教育爱"的火苗和光焰。

开学交接班时,原班主任向他介绍班上学生情况:

> "夏玮琬,孤僻成性;程晓霞,口不饶人,英语课代表;周彤林,画画不错,脸上长满青春痘;陆珏,一般;叶碧蘅,窈窕淑女;裘芹,洋娃娃一个;刘芝芝,一般;王君妮,娇滴滴;唐姗姗,中看不中用,英语老是考二三十分;庄曼槿,药罐子一个;宋雪雅,有自卑感,长得很肥……"
>
> 陈玉兰似乎很了解学生,而尤昙华听上去总觉得不是滋味。

尤老师的"总觉得"一点也不"高大上",实在是太平常了,太平凡了;但这"总觉得"三字却不应轻易放过。"教育爱"和母爱一样也是极其敏感极其纯粹的,就像眼睛容不得一粒沙子。不能说原班主任说的不合事实,但她的厌恶却溢于言表,让尤老师感到"不是滋味"的正是她貌似客观的叙述中掩盖不住的厌恶,一个"似乎"一个"总觉得"无意中形成了一种对比。特别是两人感情的流露都非常真实而自然。"孤僻"真的已经"成性"了吗?即使真是这样,教师就没有一点自责或愧疚?"口不饶人"也不完全是缺点吧?"脸上长满青春痘",值得和"画画不错"相提并论吗?"洋娃娃一个"

是否有点以偏概全？"一般"，何谓"一般"？在一个富于"教育爱"的教师心目中，应该没有所谓"一般"的学生，每一个学生都是一个美好的生命体，尽管会有缺点，未必光艳照人，但也是具有美好潜质的璞玉。"中看不中用"是否过于偏执、武断？特别是"长得很肥"的"肥"，是个常用来形容猪牛羊的词汇，为什么不能说是"体态比较丰满"或"很胖"？……尤老师"总觉得不是滋味"不是他思考的结果，更不是他拿"教育爱"的理论对照的结论，而是"觉得"如此而已，然而这"觉得"比思考、对照更难得更珍贵。"教育爱"的表现或者说要义之一就是教师能够由衷欣赏每一个学生；但知易行难，甚至知也不易，它是深深植根于一个人内心的自然而然的爱，它的表现可能没有惊天地泣鬼神的效果，甚至让人觉得平淡无奇、细碎琐屑、微不足道，就像尤老师心里这刹那间的感觉一样，但却是"教育爱"本来的样子。又如，在翻看学生档案时，发现一个学生"没有填写母亲的名字"，这就引起了他的注意："是亡故，还是离异？"当然也有稍大一点的动作，如"把自己房间里那只组合书柜抬往教室"，"为大家挑了三四百本书，多半是中外文学名著"；"不过几十分钟，三四百本书全都搬进了教室。尤昙华的房间显得空旷多了。他心里涌起了一阵欣喜"。

他叫孙凯当管理员。

"借书要不要登记？"

"不用。不过，要爱惜，不要乱涂乱画。我对书有洁癖。"

看着一本本加了封皮的书，她们自然理解尤老师的爱书之心。

"不用"透着信任，这就叫"润物细无声"。

第一次作文交上来了。二十二本，一本不少。

尤昙华先找出裴芹的作文簿。作文簿散发着淡淡的香气。看完作文，他非常失望。她的字稚拙得如出自小学生之手，弯来扭去，笔划纠缠不清；标点随心所欲，而且全是点号。一眼看去，凌乱不堪。

不过，尤昙华透过那些小学生一样老实的语句，也看出了一点童趣。

我们有多少老师只看到学生的缺点错误，或者说对缺点错误更感兴趣，不能像尤老师那样"透过那些小学生一样老实的语句，也看出了一点童趣"，虽然只有"一点"而已。"教育爱"有无深浅，有时就表现在会不会出现那个"不过"。"第一堂课，尤昙华讲了三句话的开场白：'非常感谢大家对我的信任，希望我们能友好相处，让这一年变成美好的回忆。'"细细品味这平平常常的三句话，就会感受到它极不平常的地方：教师和学生是平等的观念，教师愿意和学生友好相处的态度，特别是和学生一起创造美好生活的吁请。我已经记不起我当年上第一堂课时的开场白，但可以肯定的是，绝对达不到这样的水平。在作文讲评课上，他说：

"这次作文，写的最好的是夏玮琬和孙凯。"

夏玮琬低着头在写什么，孙凯停止了转笔运动。

"夏玮琬，你想请哪位同学来朗诵你的作文？"

"没有必要。"

"你自己来朗诵吧？"

"没有必要。"

尤昙华皱了皱眉头，不过，马上克制住了心头的不快。

"我来读好吗？"

"不要！"

她是什么意思？莫非是抄来的？看上去她好像又不是那个意思。

"好吧，夏玮琬同学有自己的独特想法，我就不强人所难了。"

　　此情此景中，他能够克制心头的"不快"，能够说出这最后一句体谅、鼓励的话，确实了不起！我自问就缺乏这样的修养。学生说他"脾气好得奇怪"，"'听机械班的人说，他教了他们一年，也从来没有发过火。'唐姗姗说。有时，实在看不过去，就放下课本，说'我要发火了'，他们就笑了起来。'"脾气好源于他对学生的尊重、爱护，而这种尊重、爱护就是典型的"教育爱"。"教育爱"总是极其敏感、细腻的。一次作文讲评课，他让一位朗诵好的同学朗诵了另一位学生的作文。

　　接着，他开始谈朗读的作用，说高明的朗读能为文章大大增色。据说，有人把自己写的一首诗念给大诗人苏轼听，问苏轼可以打几分。苏轼说："十分。"那人十分高兴，忙问原因。苏轼说："七分来自读，三分来自诗。"著名演员赵丹也有一个类似的故事。有一次，他和朋友一起吃饭，大家请他即席赋诗。赵丹拿起菜谱，大声吟咏，大家听了还以为是什么绝妙好词！

　　尤昙华突然觉得这个时候大谈朗读，有喧宾夺主之嫌。再说，这两个例子孙凯听了可能会不高兴：难道我的作文只能打三分，是什么菜谱不成？

尤昙华赶紧掉转话题，赞扬她文章构思奇妙，阅读面广博……

另一处，写到一位会背《红楼梦》的学生：

"我才会背前面的六十二回，到'憨湘云醉眠芍药茵，呆香菱情解石榴裙'那一回，后面五十八回只会背一些段落。"

"你背给我听听。"

话一出口，尤昙华就后悔了。

这种基于敏感的反思精神，就是"教育爱"的精髓之一。开学后第三天的一堂讨论课，话题是"倾听别人的心声"，意外地出现冷场，他没去责怪学生，而是反省自己的题目"可能不太明确"，于是以"要不要倾听？怎样倾听？"两个问题启发学生，果然就打开了僵局。以上几个有关上课的细节，似乎很不起眼，但设身处地地想想，要真能做到，其实是相当困难的，尤其是脾气容易暴躁的年轻教师。在小说中的徒步家访杨飞琼、举办中秋晚会、和学生月下闲聊、远足白螺山、街头勇斗流氓、几次 208 寝室的"周五新闻大联播"等许许多多妙趣横生的情节里，作者从学生、教师、家长的眼睛、感受等多个角度，以及各种不同的情景、场合，以极其细腻的笔触一笔一笔"皴"出了尤老师的心灵风景，又从师生互动中展现了学生的心灵风景，映衬出"教育爱"潜移默化的力量。

真切自然的"教育爱"使这部小说充满诗情画意，从而成为真正的诗性小说。虽然篇幅有限，我还是要举个例子，是师生三人在"月渊"月下散步的情景：

池水清澈，寥廓的月空在水中一览无余。偶尔，水面浮出小鱼，荡碎了水天一色的画面。

池面稀稀疏疏贴着几片睡莲。两三朵白花羞涩地含着花瓣。尤昙华把花儿指给她们看。

"睡莲和一般的荷花不同，花儿白天开放，晚上就合上。"

"很像含羞草。"庄曼槿说。

"这么好的月色，它也不想睁开眼睛来欣赏？"沈悦萍说。

"最好你去叫它一声，"尤昙华说。

沈悦萍真的起身走到池边，蹲着身子轻轻呼唤起来了：

"睡莲，睡莲，快醒醒……"

尤昙华的童心也复活了，他粗着嗓门应道：

"不要吵，不要闹，我要睡懒觉。"庄曼槿也被逗笑了。

尤昙华出神地望着水中微微晃动的月亮。突然，他有了一个有趣的发现。

"这个池塘为什么叫'月渊'？"

"样子像月牙儿。"沈悦萍说。

"你们仔细看看水中的月亮。"

"水中养着月亮？"庄曼槿和尤昙华想到一块去了。

看到这里，我心里不只是羡慕，可能还有嫉妒，但更多的是担忧、焦虑。有人在网上发文说，我们的中学简直就是监狱，"放风"的时间甚至比监狱还短。不得不说，这是一句大实话。在中学里，分数变成了吸血魔王，没有例外地君临一切，没有缝隙地统治一切，毫无怜悯地束缚着学生的兴趣、好奇心，极度毒化了师生、同学、教师之间的关系，同时也就毒化了他们的心灵。没有爱，也就没有诗。我们的教育，往往没有教育，因为缺少爱！这部小说真正吸引我一读再读的是真切的"教育爱"通过朴实的语言源源不断分泌出来的诗情画意，这于我是一种补偿，一个理想，我愿意成为尤老师的学生，在他门下学习三年，不，哪怕像小说所写的一年也好啊！教育怎么能没有爱，没有闲暇，怎么能没有诗意?！倘若没有这一切，那就真成了心灵的集中营。

是什么"变馊了"?

　　曾在网上看到一篇文章，说到刘震云的《一地鸡毛》开头一句"小林家一斤豆腐变馊了"很有意思，一语双关，其实也在暗示小林家的生活变"馊"了。如果没记错的话，我是 90 年代初在《小说月报》上读到这篇作品的，并从此记住了刘震云的名字。现在老了，记性不行了，只记得小说结尾小林的女儿因为肚子疼不去上幼儿园了，但到医院七查八查就是没查出什么病来。实际上原来没病，幼儿园其他小朋友的家长都给阿姨送了东西，就她家没送。后来他们设法送了，孩子的病也就好了。当时为幼儿园的孩子也懂得送礼感慨不已。这次找来重看，不仅有老友重逢的喜悦，而且让我再一次倾倒于它的魅力。它写的是一个小家庭的日常生活，平常，平淡，小说也写得很真实，几乎是没有任何加工的真实，就好像是直接从生活之树采下的一枝，是那么新鲜，似乎还带着原来在野外树头的气息。

　　它几乎没有什么情节，就是一个三口之家的家常事，夫妇两个都是年轻的大学毕业生，有个小女儿，所发生的几乎都是小得不能再小的事，可一桩接一桩，就像一条小溪流着，波澜不惊。每一件事情的出现，每一个人物的登场，都那么自然，即使有的事、有的人事先没有料到，但细一想，都是应该会发生之事，必然会有之人。绝对没有惊心动魄的场面，没有惊天动地的变故，生活在那个城市里的小公务员家庭都是这样过日子的，没有任何异常。但就是变"馊"了，生活变"馊"了，人变"馊"了，这让人感到无比震撼！限于我们讨论的主旨，只得回过头来说它的语言。

它的语言完全和它呈现的生活相匹配，初一看去，平常，平淡，有时来点小幽默而已，但往细里一品，味道浓极了。什么味道？冷峻！让人背脊发凉。第三部分写小林的农村老家来人了。"本来老家来人应该高兴，多年不见的乡亲，见了叙叙旧也没什么不可，但老家经常来人，就高兴叙旧不起来，反过来倒成了一种负担。家里来人不得招待？招待一次就得几十块钱。经常来人，家庭就受不了。"可不是吗？老家来人，真的会给小林带来难处，最终让人瞧不起。作者写道：

> 老家如同一个大尾巴，时不时要掀开让人看看羞处，让人不忘记你仍是一个农村人。

"农村人"怎么啦？说起来是不怎么样，但把这三个字换成"城市人"行不？不行，绝对不行！不通啊！因为城市人就是高农村人一等，这是个人尽皆知的事实，铁的事实！此处一个"仍"字，就是一个冷风口，让人不寒而栗。你是农村人，就是你的羞处；即使你后来到了城市，而且在城市里生活了多年，你的低贱的身份仍是洗不掉、漂不白的，这种身份歧视确实存在，而且无情无理已然成了常情常理，大家，包括被视为低人一等的人也都认了。上面所引这句话，实在太平常了，但也确实让人有"冷峻"之感。下文写道：

> ……小林发觉，你越热情，来的人越多，小林学聪明了，就不再热情。不热情怠慢人家，人家就不高兴，回去说你忘本。但忘本也就忘本，这个本有什么可留恋的！小林也给自己父母写信，说我这里也很忙，经济很难，以后不要图你们面子好看，故意往这里介绍人。信写好以后，小林还故意让老婆看了看，老婆没领他这个情，照地下吐了一口唾沫：
> "早知你家是这样，当初我就不会嫁你！"
> 小林马上火了，指着老婆说：
> "当初我也把家庭情况向你说了，你说不在乎，照你这么说，好像我欺骗你！"

对这种事，只要上了点年纪的人都习以为常，这样的吵骂，都可谓司空"听"惯。当然作者绝对无意于探讨城乡差别问题，也就随便一"仍"而已，就"扔"进了读者的耳朵。小林妻子的单位在她住的这一块了班车，两人高兴了好一阵子，后来发现头头是为他的小姨子才开通的，妻子就觉得受了侮辱似的，经小林劝解——

> 老婆这时"噗哧"笑了：
> "我也就是说说，你倒说个没完了。不过你说的对，到了这时候，还说什么志气不志气，谁有志气，有志气顶他妈屁用，管他妈嫁给谁，咱只管每天有班车坐就是了！"

真的变"馊"了，由于发现了"有志气顶他妈屁用"。变，是那

么自然顺畅，简直不知不觉，滑溜得很。小林的老同学送给他一只
鸭子——

> "你成贵族了，吃这么大的鸭子！"
> 小林将鸭子扔到饭桌上，瞪了老婆一眼：
> "人家送的！"
> 小林老婆吃了一惊：
> "你当官了？也有人给你送东西！"

让小林老婆"吃了一惊"的是：你不当官，怎么会有人给你送
东西？反过来说，给当官的送东西，当官的收人家送的东西才是常
情常理，否则就是逆情背理！是的，小说写的就是人们生活中的常
情常理。后来管水的老头求小林帮忙点事，小林决定要帮——

> 但小林已不是过去的小林，小林成熟了。如果放在过去，只
> 要能帮忙，他会立即满口答应，但那是幼稚；能帮忙先说不能
> 帮忙，好办先说不好办，这才是成熟。

他真的不再"幼稚"，变得"成熟"了！看来我们得对"馊"重
新定义。平心而论，小林夫妇俩都是善良、正直的好人，但是，活
着"还是先考虑大白菜为好"。小说里这样看似平常实则冷峻的语言
多了去了。小说将结尾处，小林做了这样一个梦：

> 这天夜里睡得很死。半夜做了一个梦，梦见自己睡觉，上边
> 盖着一堆鸡毛，下边铺着许多人掉下的皮屑，柔软舒服，度年

如日。又梦见黑压压无边无际的人群向前拥动，又变成一队队祈雨的蚂蚁。

我没有看过《周公解梦》一类的书，弗洛伊德的有关理论倒是读过一点，但似懂非懂，还是模糊一片，不过总觉得小林这两个梦似乎和"馊"有点关系，到底什么关系，我说不清楚，不说也罢。我更感兴趣的是，近三十年过去了，小林一家现在怎么样了？

《提琴》曲终奏雅

　　阿城的短篇《提琴》很短，情节也很简单：木匠老侯，一个偶然的机会居然为一个外国神父修好了一把意大利提琴，神父就把他介绍到了北京，多少年后，做了乐器厂的师傅。有一次竟又遇见了他曾经修过的那把好提琴，不过已经属于一个什么单位。1966年夏天，他想起了那把琴，就凭记忆寻到那个单位去，可巧就让他瞧见了，不过琴面板已经没了，一个戴红袖箍的人正拿它当勺盛浆糊刷大字报。说实在话，阿城的名气虽大，多年前《棋王》留给我的印象也很好，但此篇看着看着，还是难掩我淡淡的失望。——只剩下最后两行了，姑且把它看完吧：

　　　　老侯就站在那里看那个人刷大字报。那人刷完一处，换了一个地方接着刷，老侯就一直跟着，好像一个关心国家大事的人。

　　就是这两行，让那淡淡的失望瞬间化成了浓浓的兴奋，尤其是最后那个分句，我想已经深深地铭刻进了我的心坎，这辈子大约是不会忘记的了。就是这一段，特别是最后那个"好像……"，像魔术师一般提升了这个短篇的艺术品质，本来老侯影影绰绰地从远处走来，突然在"就一直跟着"的时候变得清晰了，他对这把琴的深情刹那间形成了强大的冲击力迎面扑来，而"好像一个关心国家大事的人"又让我陷入了沉思："像"者，不是也。他不是"一个关心国家大事的人"？那个一处接一处刷大字报的人当然是"一个关心国家大事的人"，他一处接一处跟着的人只是"好像"而已，不是而"好像"，因其认真专注的神态一也，只不过专注的对象不一样，一个是大字报，一个是一把破提琴，因此两人境界的高下也就判然有别；然而，起码在阿城写这个短篇的时候，其"高下"可能已经调了一个个儿，何况上文曾写道："老侯说：'就是不太爱惜，公家的东西，好好保存着吧，是把好琴。'"好一个老侯，值得我们真正信赖，让我们肃然起敬！

　　我想，这就是所谓"曲终奏雅"吧。

《吃饭》的语言艺术

钱钟书这篇《吃饭》，应该说是一篇说理文字，但我更欣赏的是它的"说"，而不是它的"理"——固然其理也能启智益脑，但别人未必不知，而其"说"的机智、幽默，却极富个人特色，当为一般人所难及。质言之，它之所以吸引人，主要在于"语言"本身，而非言外之情意，从这个意义上说，钱钟书这才是正儿八经的"语言"艺术。

开篇，把吃饭比作结婚，似乎说得有点"毒"，但你不得不承认它说的确是事情的真相。作者的高明，不在见出"讨阔佬的小姐，宗旨倒并不在女人"，而是在"吃讲究的饭事实上只是吃菜"这一点上发现两者的相像，从而写出了一个令人喷饭的妙喻。文章由此说到学术，进而说到政治。它说的有关真相并非为一般人所难知，我们所佩服的是，它居然能够如此充分利用这个"像"，照亮它们的真相以及它们之间的关系。再如下文说到"吃菜的人生观"时说："吃的菜不用说尽量讲究。有这样优裕的物质环境，舌头像身体一般，本来是极随便的，此时也会有贞操和气节了；许多从前惯吃的东西，现在吃了仿佛玷污清白，决不肯再进口。"以舌头会有贞操和气节来形容一些人决不肯吃某种东西，作者的联想力确实让人惊叹。谁都知道不少人有挑食的毛病，但以舌头的贞操和气节来形容也许只有钱钟书了。

钱钟书之能"说"，还表现在他的旁征博引。在这篇不长的文章里，从柏拉图的《理想国》、古罗马诗人波西蔼斯说到拉伯雷的《巨人传》、德国古诗人白洛柯斯、来伯尼支（Leibniz）的哲学，还有《老饕年鉴》这样的奇书，也有《论语》《中庸》《尚书》《西游记》等，且都不是生拉硬扯的"拉郎配"，而是如文中所说的"像佳人和才子，母猪和癞象，结成了天造地设的配偶、相得益彰的眷属"。"……至于我本人呢，恭候诸君的邀请，努力奉行猪八戒对南山大王手下小妖说的话：'不要拉扯，待我一家家吃将来。'"以此煞尾，说别人和说自己的风格是统一的，确实漂亮。我读这篇文章，就像一个衣衫褴褛的叫花子看一个恭候新娘子大驾的新郎官。在叫花子眼里，新郎官的打扮似乎未免过于奢侈了一点点。

《活着》为耕牛取名

余华的《活着》，是我最喜欢的中国当代小说之一。不少名著里人物的名字，好多都是作者推敲过的，《红楼梦》就是典型的例子。现在我要说的是，《活着》里面福贵给他买来的牛取的名字：

> 牛到了家，也是我家里的成员了，该给它取个名字，想来想去还是觉得叫它福贵好。定下来叫它福贵，我左看右看都觉得它像我，心里美滋滋的，后来村里人也开始说我们两个很像，我嘿嘿笑，心想我早就知道它像我了。

福贵的逻辑是，牛到了他的家，就是"我家里的成员了"，福贵觉得就"该"给它取个名字。取名，是一种仪式，正式承认它是一个"人"，而且是"我"家里的一员。至于取名为"福贵"，是"左看右看都觉得它像我"——下文他还把二喜、有庆、家珍、凤霞、苦根说成是"别的牛"——于此他不但不以为耻，反以为乐。首先，他们的生存状态相像，福贵像"福贵"那样干活，吃的住的也好不了多少。其次，他们有共同的人生哲学："做牛耕田，做狗看家，做和尚化缘，做鸡报晓，做女人织布，哪头牛不耕田？这可是自古就有的道理，走呀，走呀。"之所以没有提到他自己，完全是由于这是专门劝诫它的话，拉出狗、和尚、鸡、女人作陪衬，是为了增强说服力，而他自己则早已以身作则，率先垂范。如此这般，当然就有了效果："疲倦的老牛听到老人的吆喝后，仿佛知错般地抬起了头，拉着犁往前走去"，可见他们已是"心有灵犀一点通"。

"噢——"老人高兴地笑起来，他神秘地向我招招手，当我凑过去时，他欲说又止，他看到牛正抬着头，就训斥它：

"你别偷听，把头低下。"

牛果然低下了头，这时老人悄声对我说：

"我怕它知道只有自己在耕田，就多叫出几个名字去骗它，它听到还有别的牛也在耕田，就不会不高兴，耕田也就起劲啦。"

这是理由之三。骗它，不但不是歧视它，反而是为了照顾它的感受（当然他这也有功利的算计），这是把它当作人、当作自己家里人的铁证。有意思的是牛"果然"能听他的话、会听他的话。他要它本分做牛，一如他要求自己本分做人，"皇帝招我做女婿，路远迢迢我不去"。他的前半生虽然荒唐，但他已经彻底忏悔，并始终信守做人的规矩，善良，正直，勤俭。他在牛身上发现了他们相像的共同点。

我们还可以从他和牛的交流中，发现他的乐观。他报出的一个个名字，其实都是一个个饱含血泪的悲剧，他们的悲剧实际上也就是他自己的悲剧，这对于个人来说，几乎是盘古开天辟地以来所少见的苦难！但他总是直面苦难，承受苦难，无需包括佛老在内的宗教的慰藉，始终硬挺，在苦难的重压下坚强地"活着"（我想，这应该是书名的真实含义）！他的坚强、坚韧、坚定，该是何等伟大！

但他所经受的苦难，并不会由于他的坚强、坚韧、坚定而消失，福贵不是"福贵"，"福贵"不可能替他承担它出现之前已然降临在他身上的苦难。因此，反思苦难，从而使苦难不再重现，当然应该也是"活着"的另一层意义，甚至是更重要的意义吧。

许三观用嘴炒菜的效果

　　小说、散文中的人物语言和现实生活中的人一样，都是在一定情境中生发出来的，是情境中的语言，包括作家诗人写的作品，几乎无有例外。"一定情境"，这话似乎有点含糊，大而言之，指的是特定的社会历史环境，如我国所谓三年困难时期；小而言之，可以是余华《许三观卖血记》里许三观一家五口在他生日这一天晚上躺在床上，许三观用嘴巴"烧红烧肉、炖鲫鱼、炒猪肝"吃这样具体而微的情境。这具体而微的情境"寄生"于特定的社会历史环境，犹如一棵大树上的一小片叶子。正如没有两片完全一样的叶子，任何一个小情境都有它的独特性。

　　这一则读书笔记不拟探讨大小情境之间的复杂关系，只想说说人物语言与具体情境是相生相成的，情境生发人物语言，人物语言作为情境的一个有机组成部分又在推动情境的发展变化，如此循环往复，极尽小说艺术之能事。这一天是许三观的生日，于是许三观就提议说给家里每人炒一盘他们最想吃的菜，由于这样"说"才有下文三乐跟他的三片与四片、四片与五片之争，二乐告发一乐、三乐吞口水，一乐不要精肉而要全肥的主张，许三观训斥三个儿子在他给妻子炖好鲫鱼以后都在吞口水，训斥他给自己炒猪肝时妻子和三个孩子都在吞口水，等等，最后哈哈大笑地请大家一起来吃炒猪肝。情境的变化发展全由人物语言促成，而新生成的情境又生发出人物新的语言……原作让我们笑出眼泪，实在太荒唐也太有趣了，三片与四片、四片与五片之争，明明都是客里空，嘴巴说说而已，大家都心知肚明，有什么可争的？可三乐就那么认真，许三观就是不给五片而只给四片……虽然荒唐，但又那么真实，真实得让我们感到辛酸、痛苦，我们只有无奈，只有惭愧……

真对不起，我对原文的转述效果实难及原文的万分之一。读原作时，几乎忘记了我是在看小说，忘记了一切全都是作者创造出来的。再回过头来看，我们不得不叹服作家创造的才能，荒唐中的真实，真实中的荒唐，这荒唐不是荒谬，它基于真实，体察真实，提炼真实，净化真实。事属荒唐，但人物是真实的，例如，许三观问三乐（三乐最小，当然先要问他）：

"……三乐，你想吃什么？"

三乐轻声说："我不想再喝粥了，我想吃米饭。"

倘让我写，我一定会让三乐回答"红烧肉"，这才是真正的荒唐！已经喝了那么长时间的稀粥，面对"你想吃什么？"的问题，回答几乎一定是"米饭"。我那时也这样问过我的一个亲戚，回答非常干脆："米饭。"她还补充了一句："连做梦都是捧着一大碗米饭在吃。"给三乐烧红烧肉，必先有"想吃米饭"的插曲。三乐说的就是真实的情境语言。什么是真实？这就是！什么是才华？这就是！唯其真实，所以感人，所以是艺术。

达吉雅娜求爱信的口吻

文学作品中的人物语言应当是人物性格在特定情境中的发露、表达。普希金《叶甫盖尼·奥涅金》中的达吉雅娜素朴纯真无邪，具有古典式的高贵，由于受到社会传统的深刻影响，她奉母之命嫁给一个年过半百的老将军，心里虽然仍旧深爱着奥涅金，但还是坚定地拒绝了奥涅金的热烈追求，表示要对丈夫忠贞不贰，从中明显可以看出她对传统道德的坚守。我们可以设想一下，当年，她还是一个少女的时候要主动向奥涅金求爱，该需要多大的勇气！她那封求爱信被誉为诗中之诗，又会怎么写？信写得很长，我们就只看看它的开头两行吧。我找了五种中译本，来比较一下哪一种比较合适：

A：

寸笺痴心聊表仰慕之情

更须何言以饰眷恋之忱？

B：

我在给您写信——这不就够啦？

我还能对您说什么话？

C：

我是在给您写信——够了，

这使我还能说什么话？

D：

现在给您写信——还要怎样呢？

我还能说什么？（吕荧译）

E：

我在给您写信——还要怎样？

我还有什么话好说？（剑平译）

　　我的感觉是，A似乎不太搭调，太文绉绉了，达吉雅娜的真情好像被隔了一层，不说不见了，起码也变模糊了，第一行的"仰慕"好像也不太确切。B呢，"这不就够啦？"，意思就是这个意思，但表达似不如"还要怎样呢？"到位，后者在语气上更完足一些。C，"够了"，也是同样情况，虽比"这不就够啦"委婉了一点；让人觉得达吉雅娜似乎不会用B、C两种口吻说话，特别是对奥涅金。D、E两种几乎不相上下，"我还能说什么？"似略胜"我还有什么话好说？"，但"现在"不如"在"，"现在"关注的是时间——不是从前、过去、先前、刚才，而"在"在这里是介词，强调写信这一行为的当下性，亦即行为本身。这就比较符合达吉雅娜当时写信的心情，因为给奥涅金写信，对达吉雅娜来说需要勇气，极大的勇气，而目下我就"在"做这一件事，所做的写信这一件事本身已经说明一切（我爱你），一切已包含在给你写信的动作之中，于是紧接着说"还要怎样呢？"并另起一行，再来一句"我还能说什么？"，加强一下。是的，一个少女给一位男性主动写信求爱，在当时，对达吉雅娜来说，太不容易了，太不简单了，关系实在太大了，而她就"在"做这一件事。

我在大学一二年级时非常喜欢俄罗斯文学，在两年必修的基础上第三学年还选修了俄语，后来终于知难而退。当时普希金的一些诗能够背诵如流，如出自《叶甫盖尼·奥涅金》中的"幸福曾经是这么可能，这么临近！"这次趁查阅《叶甫盖尼·奥涅金》的机会，也顺带查了一下它别的译法，如：

> 当时，幸福就在眼前，
> 那么近！……
>
> 幸福消失了，但它曾经是
> 多么挨近！……

都觉得不太过瘾，还是吕荧译的比较接近我的青春印象：

> 而幸福曾经是那样的可能，
> 那样的接近……

谢谢吕荧先生！可惜他不到60岁就离开了我们。愿他在天国幸福！

莫泊桑《散步》的结尾

　　由于托尔斯泰认为莫泊桑的短篇小说远好于他的长篇，我年轻时先读莫泊桑的短篇，而且非常认真；记得读的是李青崖的译本。几十年过去了，回忆初读时留下最深印象的还是其中的《散步》，而不是后来教的《项链》等。它写一个老人偶然一次在公园散步时，看见许许多多年轻人谈情说爱的美好景象，想起了自己几乎是完全空白的一生，没有爱情，没有梦想，没有热情，没有希望，没有追求，父母离世后也没了家庭……但后悔已经来不及了，于是吊死在一棵树上。当时确实受到了震撼，生怕自己虚度一生而后悔莫及。后来想重读莫泊桑的短篇，没有找到李青崖的译本，而另外好几个译本却都未收《散步》。后来终于找到了，如见故人，分外亲切。但总觉得结尾有点不太够味：有人把他的死归因于自杀，自杀的原因无法猜测。或许是因为突然疯了！于是又开始新一轮的寻觅，非常幸运，不但找到了别的译文，而且结尾似乎译得更好：

　　　　后来，有人把他的死亡说成是一种突发的癫狂结果，说他老了，有点儿糊涂了。还有人揣测：那是出自一种无法想到的动机而自杀……

两种译文意思差不多，但我更喜欢后一种也有我的理由。从上文可以断定，这个老记账员的自杀不是"突发的癫狂结果"，不是"有点儿糊涂"，而恰恰是突然清醒、觉悟的结果，其实他一生糊涂，死前倒是不糊涂了；如果处于继续糊涂的状态，他就不会自杀。把它"说成是"由于癫狂、由于糊涂，只是"说成是"而已，显然不符合事实。作者这样写，起到了强烈的对比作用。至于"还有人揣测"云云，我觉得还是由于作者有意引导读者去"想"他的死因，他之所以采取这一决绝行动的内在动因。这一些，在前者的译文里有点被淡化了。不知我的想法果真有理否。

画龙点睛的题目

多年前看过美国的一个短篇，开始我没有怎么注意题目，就开始看本文了。它说的是某大学某系得到一个参加一次重要的国际学术会议的名额，有两个教授都很想去，怎么办？系主任一时拿不定主意。就在这段时间里，两个教授中的一个因一件莫名其妙的事情与系主任发生争执，终至吵得沸反盈天。可是没过几天，系主任就把这个名额给了这个"寻衅滋事"者。看完却不知道文章在说什么意思。后来一看题目是"贿赂"，才恍然大悟。天下竟有如此稀奇的行贿手段，而且居然马到成功，也算绝了！题目只有两个字，却是画龙点睛，少它不得！它像一个探照灯，照亮了文本的每一个字。

题目应该说是作品的有机组成部分，它和正文的关系多种多样，难以一概而论。就以托尔斯泰的小说来说，例如《战争与和平》当是小说所描写的种种故事的两种背景，其实也就是人类生存的两种状态，气势壮阔宏大；《安娜·卡列尼娜》即主人公的名字；《复活》则是小说主题的提炼；《哈吉穆拉特》原名《牛蒡花》，它是一种象征，或者说是一个比喻——后来成为小说的序曲；《童年》《少年》《青年》都是人生的一个阶段，一看就知道极有可能是自传体作品……它们功能不一，争奇斗艳，不再一一列举。不过有一个十分特殊的例子，不能不再啰嗦几句，这就是《克莱采奏鸣曲》。我年轻时读的版本译作《克莱采朔拿大》，全是音译。这是一部关于妇女和两性问题的小说，在定名之前就已开始酝酿。一个偶然的机会，托尔斯泰听到了两个年轻人怀着特殊的激情演奏了贝多芬献给克莱采的奏鸣曲。托尔斯泰非常欣赏这部奏鸣曲，这次他也听得特别专注，大伙议论纷纷，有人甚至提议托尔斯泰用"克莱采奏鸣曲"这个题目写一部小说。后来酝酿已久的小说题目大致就这样定下来了。我始终看不出这小说和这奏鸣曲在内容上有什么联系。这篇小说题目拟定的情况极其罕见。

可以再说几句的是我国古诗的题目，它们和正文关系或密或疏，或实或虚，真个是多彩多姿。且以李白的几首为例，《静夜思》又题《夜思》，似乎不是太密，静夜所思未必就是乡愁，却是主题之一，尤其是月亮所引发的，则往往而是；《月下独酌》《蜀道难》就都很贴。《下终南山过斛斯山人宿置酒》，甚实；《怨情》《春思》，稍虚；《关山月》妙在不实不虚之间。《赠孟浩然》《听蜀僧濬弹琴》较为朴素；《梦游天姥吟留别》，则诗意洋溢……犹如百花齐放，百鸟争鸣。

一副对联的变奏

20多年前，在梁羽生的《名联谈趣》一书中发现据称是一"林氏妇"写的自挽联，印象深刻：

> 我别君去，君何患无妻，倘异时再叶鸾占，莫谓生妻不如死妇；
> 儿随父悲，儿终当有母，愿他日得酬乌哺，须知养母即是亲娘。

（《名联谈趣》，上海古籍出版社1992年版，第614—615页）

我觉得此妇的胸襟和气概不同一般，在临终之际，没有凄凄惨惨戚戚，唯以丈夫、儿女为念，对丈夫，希望他和"生妻"关系和谐；对儿女，告诫他们孝顺养母，所谓深明大义者也。但出幅"莫谓生妻不如死妇"，我总觉得味道不是太正，似乎"生妻不如死妇"已是事实，只是告诫不要说出来而已。在遣词造句方面，我特别欣赏对幅之"愿他日得酬乌哺，须知养母即是亲娘"，如果说是好好孝敬养母就有苍白甚至勉强之嫌，远远不如"养母即是亲娘"恳挚有力，此处亲娘当是自指，而任何人亲娘只有一个，她如此要求儿女，无意间就表现出了一种无我的情怀，着实让人感动；再者，以"乌哺"对"鸾占"，也甚工稳——由于乌哺比较通俗常用，也有可能是先有乌哺再及鸾占。但，"生妻"一词总觉生硬，只是为了与"死妇"相对而已，"生妻""死妇"似都有以词害意之嫌。

《名联谈趣》同一则另收与之相似的据称是"清人欧阳巽妻的自挽联，与上述一联大同小异，写得更浅白"：

> 我别良人去矣，大丈夫何患无妻，他年弦续房中，休向新妻谈死妇；
>
> 儿依严父哀哉，小孩子终当有母，异日承欢膝下，须知继母即亲娘。

我感觉比林氏联要好，"新妻"比"生妻"自然；"休向新妻谈死妇"也要比"莫谓生妻不如死妇"更合情理，何以故？"莫谓生妻不如死妇"的劝诫其实是以"生妻不如死妇"这一判断为前提的，一般来说，人与人之间的比较，或甲胜乙，或乙过甲，或甲乙各有优点和缺陷，难分高下；现在妇尚未死，将来的生妻是谁、品貌如何当在未定之数，作出"不如"这一判断不是过于冒失、武断了吗？再者，"异日承欢膝下"之"异日"当始于新妇进门之时，也比"他日得酬乌哺"之"他日"包括要长，即，一个是要儿女从一开始就要把继母视为亲娘，一个偏指儿女成长之后，显然也是欧阳巽妻联更为妥帖。又，"我别良人去矣""儿依严父哀哉"比"我别君去""儿随父悲"各多一叹词，也觉更加传神。

汪曾祺也曾注意到《女声》杂志（1993 年第 11 期）与此联"大

同小异"的另一版本：

> 林则徐的女儿嫁沈葆桢，病笃，自知不治，写了一副对联留给沈葆桢和她的女儿：
>
> 我别良人去矣。大丈夫何患无妻。若他年重结丝罗，莫对生妻谈死妇。
>
> 汝从严父戒哉。小妮子终当有母。倘异日得蒙扶养，须知继母即亲娘。
>
> （《后十年集：散文随笔卷》，生活·读书·新知三联书店2016版，第632页）

已有认真的读者指出，"罗"乃"萝"之误。另，"戒"应作"诫"。我觉得"诫"要比"悲"好得远。诫者，因料定女儿终会有继母，所以告诫女儿务必孝敬，勿生嫌隙；悲或哀，先就得罪了孩子的父亲，因为否定了他日后对待女儿慈爱的可能；再说料定女儿之悲、哀，对女儿来说也未必有益于她的成长和生活。"倘异日得蒙扶养"，则不及"异日承欢膝下"，因既上承"小妮子终当有母"，按理继母就有责任抚养"小妮子"，不存在"倘"的问题，而"异日承欢膝下"，则以必然的语气料想异日必然之事，于言于理都较顺畅。三联相比当以汪录为佳也。

作家是"摆渡人"？

上个世纪 80 年代在一头埋进新的教学业务之前，有一阵子我曾经是高晓声的粉丝；但后来一个偶然的机会看到了当年未及阅读的《陈奂生出国》，颇感失望，一眼看去，就觉得有点水，有点勉强，有点力不从心，起码已经没有"陈奂生系列"前面几篇的光彩和劲道。于是想起了他在《摆渡》一文中关于"作家是摆渡人"的观点：

> 作家摆渡，不受惑于财富，不屈从于权力；他以真情实意享渡客，并愿渡客以真情实意报之。
>
> 过了一阵之后，作家又觉得自己并未改行，原来创作同摆渡一样，目的都是把人渡到前面的彼岸去。

我觉得把作家比为摆渡人，其创作目的"是把人渡到前面的彼岸去"的观点是值得商榷的。摆渡，有个摆向何处的问题。这对于现实生活中真正在河边为人摆渡的人来说，当然不成问题，不就是彼岸吗？但对作家来说，"彼岸"在哪里呢？显然，这是个有待解决的问题，而且也不是作家所能完全解决的问题，而是整个人类都正在摸索、探究的问题。把这个有待解决的问题看成是已经解决、作家人人心里已经明白的问题，并不符合实际。是的，即使有的作家可能自以为已经解决，他的任务也不是要让读者接受他的解决方案，从而把读者带到他所设想的目的地去。诚然他可以这样做，但他这样做已不是出于作为作家而是作为一个思想家、政治家的责任感、使命感。作为作家把解决这个问题的担子揽过来挑在自己的肩上，并且希望通过自己的文学创作以求达到目的，我以为是一厢情愿，是一种不切实际的幻想。那么作家究竟为什么要从事文学创作呢？什克洛夫斯基下面一段话似乎得到了相当广泛的认同：

> 那种被称为艺术的东西的存在，正是为了唤回人对生活的感受，使人感受到事物，使石头更成其为石头。艺术的目的是使你对事物的感觉如同你所见的现象那样，而不是如同你所认知的那样……
>
> （什克洛夫斯基等：《俄国形式主义文论选》，方珊等译，生活·读书·新知三联书店1989年版，第6页）

现实主义创作的基本信条就是按照生活本来的面目反映生活，"使石头更成其为石头"；而不是指挥石头应当安放在何处。正如莫泊桑《论小说》中所指出的："一个现实主义者，如果他是个艺术家的话，就不会把生活的平庸的照片提供给我们，而会把比现实本身更完全、更动人、更确切的图景表现给我们。"（莫泊桑：《〈羊脂球〉莫泊桑短篇小说选》，柳鸣九译，中央编译出版2015年版，第292页）

其实高晓声可能在实际上也是认同现实主义这个原则的，这有他自己的文字为证。就在以他的《摆渡》为代序的《高晓声散文自选集》（作家出版社 1998 年版）第 189 页《瞎子阿炳一百岁》一文说：

> 作为一个音乐家，华彦钧将不朽。但他也仅只是个音乐家而已，他没有当政治家的奢望，没有必要封他做阶级斗争的猛士。他也没有做圣贤的梦想，他同所有的普通人一样有各种生存的需要，他的缺点也只是普通人的缺点（他并不害人，而是受害），没有必要封他做圣贤而讳之。一句话，不要把积垢做成的各种各样的套子把他当架子套，需要的是还他一个真面目。

说的虽然是一位音乐家，但也完全适用于所有的艺术家、作家，他们一般都不是政治家，不是阶级斗争的猛士，也不是所谓圣贤；高晓声写这篇散文的目的就是"还他一个真面目"；扩而大之，作家创作的主要目的就是还生活一个真面目，"使石头更成其为石头"。

有趣的是，这集子的第 244 页还有一篇《峨嵋山下历险记》，写的是他下山时的亲身经历。

> 我们一路走来。此处出山，风景极好。老萧同我脚慢，自然落在后面了。到得汽车站，捷足者已坐等多时。汽车果然没有。但他们高兴地说："运气真好，刚才碰到个上海人，告诉我们一条小路，可以抄近五六里路。我们就走小路吧！"这消息自然好极了，更无异议。休息了一会，就穿过公路，朝南沿另一个山脚走去。就在公路南侧，有一个茶棚，邬锡康指指说："喏，就是他说的。"我朝那边看去，见一个大汉坐在那儿饮茶。他知道

邬锡康说的是他，便站出来说："对，就沿那山脚的渠道过去，很近。我也是第一次来，不认识，是她带我走来的。"他指指坐在另一张凳上的妇女，我看她只有二十多岁．正低着头给孩子喂奶。她毫不在意，并未看我们。

结果怎么样呢？原来这条路前面有一段"很陡"，"它以大约八十五度角——直线往下落，台阶不是凿出来的，而是用水泥浇在峭壁上，凸在上面，如悬空挂下，宽约一尺，每级高五寸到一尺许不等，而阔度最狭处只有三寸左右。离开栏杆，根本不可能走下去。就是扶着栏杆，也确实相当危险"。爬过这段险路——

我们坐在发电站旁边休息，擦着汗，你看看我，我看看你，再抬眼看看那条路，大家摇摇头。

我忽然想起，那位指引我们走这条路的上海人，是不是故意让我们来尝尝味道的？

可见，即使目的地已经明确了，道路的选择也不简单；何况是《摆渡》里所说的作家要为广大读者指引的人生之路？引路，岂易言哉！

最后我还想说的是，我真心喜欢并敬重高晓声的性格为人——陈奂生就有他自己的影子，但《摆渡》里却不自觉地流露出了一种高居于读者之上的姿态，读者似乎是迷途的羔羊，要由作家（当然包括他自己在内）把他们摆渡到"彼岸"去；这在他的所有作品里可能是绝无仅有的，但不管怎样，我作为他的一个读者很不认同《摆渡》里的这种心态，这，但愿是我的误读、过度解读。

听歌品词

2018年炎夏将到时，友人向我推荐了歌曲《青藏高原》，一听我就喜欢上了。于是带着它来到遂昌山里一起住下，只要有空就会情不自禁拿出来听。对音乐，我纯粹是外行，只是常常琢磨歌词。它开头就深深吸引了我，两个比喻让我深深为之倾倒，"远古的呼唤""千年的祈盼"，堪称天才的发现，感到非此不足以表现它的磅礴、阔大、古老！非此更不足以表现它的心胸、情怀、气势。显然，它，听似没有声音，也不能发声，但歌词作者听出它本身就是一声声呼唤，而且来自远古；在我们凡夫眼里，它是无情的存在，然而不然，它分明是前人留下的祈盼，而且千年未变，用情可谓深矣专矣！——青藏高原这就活了！美了！

后来我才注意到它们其实是两句"天问"："是谁带来远古的呼唤／是谁留下千年的祈盼"，我开始以为当然是青藏高原那一座座相连的山川。但我马上意识到这是个错误，因为"它们是什么"和"是谁把它们带来、让它们留下"完全是两个不同的问题，不能以"是什么"的答案来回答"是谁"的问题。离开这一语境，说青藏高原那一座座山带来了远古的呼唤……，仿佛也无不妥；但歌词作者真正要问的是这一座座山是谁带来、是谁留下的，而不是问这一座座山像什么。试比较：

这一座座山带来了远古的呼唤。
是谁带来了这一座座山（它们像是远古的呼唤）？

无论如何，我们总不能说是"这一座座山带来了这一座座山"吧？

一经比较，就会发现，前一句固然好，但和后一句不可同日而语。后一句包容了前一句的好，又由此更进了一步。是谁？究竟是谁？竟然把我们给问住了。谁呢？会是谁呢？能是谁呢？确实难以回答，令人遐想。好像问"我们从哪里来"这个问题一样，我们一时半会儿竟答不上来，也许，虽经深思熟虑也可能无言以对。由此我似乎感觉到了一种朦胧的神秘气息。我觉得这才是歌词的魅力之所在，也才是诗人真正高妙之处。接下来"难道说还有无言的歌／还是那久久不能忘怀的眷恋"，仿佛是由于是谁的问题得不到回答以后的一种设想和补充，似乎在探究"呼唤"的根由，"期盼"的内涵。

是谁？不知道。"难道说……"，也不能肯定；这时诗人终于正式请出了主角："一座座山／一座座山川／一座座山川相连"——出场的安排井然有序，由山而山川而一座座相连的山川，由近而远，画面感极强。诗人告诉我们"那可是青藏高原"！倘若把这几句作为开头，把开头的问句改为陈述句，即"我看见一座座山带来……"，那扑面而来奇峰突起的冲击感就都消失殆尽了。

第二段由虚而实。那一座座的山，由"遥望"跳跃至"渴望"，其实又是由实而虚：遥望，可见也；渴望，只能想象，特别是"永久的梦幻"，其实也就是永久的寻觅，永久的思考。虚似乎比实更有味道。是的，它一定在渴望什么，这就使山有了心思，有了念想，有了"庄严"的表情。因是"赞美的歌"，就排除了是"它"的可能，它不能也不会自我赞美，该是别人赞美它"仿佛不能改变的庄严"——恕我吹毛求疵，我觉得它的庄严是不会改变而且永远不会改变的，"仿佛"不妥，"不能"似乎也不如"不会"。我欣赏由第一段的"那可是"进到这里的"这就是"，"那可是"是告诉人家，"这就是"是直接呈现给大家，确实是进了一层。但从总体看，我更喜欢第一段。

诗、歌原本同源同命，就是现在一些优秀的歌曲，曲、词也仍然是水乳交融，相得益彰，难解难分。孤陋寡闻如我，原来一直以为那首《送别》的词、曲都出自李叔同一人之手，我无法把两者分开来欣赏，词一定跟曲携手而来，曲一出现词同时也就紧跟着来了；《青藏高原》也一样，它们结合得天衣无缝，相互依存、相互阐释、相互补充、相互加强，仿佛同属一个生命的整体。不是单纯作为词，而是作为一首歌，其曲也是值得称赞的，只是由于我是外行，正如郑板桥所说，"搔痒不着赞何益"，姑且说一说我零碎的直觉感受。最突出的也许就是结尾处那个"青藏高原"的"高"字，乐曲步步升高，到了极高处，盘旋了好一会儿，我以为要收了，不料又向更高处冲刺，直遏行云。不由得让人惊叹：这才是高；高，即此之谓也——当然这要有歌唱家的演绎。又如，前后紧连的三个"山"、两个"山川"，由于不同的音乐处理，都显示出了各自的个性，弥补了文字的缺陷。原来词、曲均真的出自同一人之手，他就是张千一。

我的住处，开窗见山，开门见山；只要不下雨，我每天都要到山腰的公路上散步，并且往往让手机放《青藏高原》。比比眼前的山，虽然没有歌里那一座座山雄伟，或只能以英俊或妩媚来形容，但觉得它们和我一样，也听得非常入神。

图书在版编目（CIP）数据

漫话文学语言/王尚文著.—上海：华东师范大学出版社，2019
ISBN 978‒7‒5675‒9578‒1

Ⅰ.①漫... Ⅱ.①王... Ⅲ.①文学语言—研究 Ⅳ.① I045

中国版本图书馆 CIP 数据核字（2019）第 170581 号

大夏书系·名家谈教育

漫话文学语言

著　　者	王尚文
策划编辑	林茶居
审读编辑	张思扬
封扉设计	吴元瑛

出版发行	华东师范大学出版社
社　　址	上海市中山北路 3663 号　邮编　200062
网　　址	www.ecnupress.com.cn
电　　话	021‒60821666　行政传真　021‒62572105
客服电话	021‒62865537
邮购电话	021‒62869887　地址　上海市中山北路 3663 号华东师范大学校内先锋路口
网　　店	http://hdsdcbs.tmall.com

印　刷　者	北京汇林印务有限公司
开　　本	890×1240　32 开
插　　页	2
印　　张	8
字　　数	185 千字
版　　次	2019 年 10 月第一版
印　　次	2019 年 10 月第一次
印　　数	6 100
书　　号	ISBN 978‒7‒5675‒9578‒1
定　　价	42.00 元

出 版 人	王　焰

（如发现本版图书有印订质量问题，请寄回本社市场部调换或电话 021-62865537 联系）